桂岳诗派

王先霈 / 主编

桂岳集

◎邹惟山 著

华中师范大学出版社

新出图证(鄂)字 10 号
图书在版编目(CIP)数据

桂岳集／邹惟山著. -- 武汉：华中师范大学出版社，2024.12. --（桂岳诗派／王先霈主编）. -- ISBN 978-7-5769-0615-8

Ⅰ.I227

中国国家版本馆 CIP 数据核字第 2024VV0603 号

桂 岳 集
GUIYUE JI
ⓒ 邹惟山　著

责任编辑：张怀东　　　　　　　责任校对：骆　宏
封面设计：罗明波
编辑室：学术出版分社　　　　　电话：027-67863220
出版发行：华中师范大学出版社有限责任公司
社址：湖北省武汉市洪山区珞喻路 152 号　邮编：430079
销售电话：027-67863426（发行部）
网址：http://press.ccnu.edu.cn
电子信箱：press@mail.ccnu.edu.cn
印刷：武汉精一佳印刷有限公司　　　　督印：刘　敏
开本：880mm×1230mm　1/32　　　　总印张：98.125
版次：2024 年 12 月第 1 版　　　　　　印次：2024 年 12 月第 1 次印刷
总字数：1950 千字　　　　　　　　　　总定价：898.00 元（全十二册）

欢迎上网查询、购书

敬告读者：欢迎举报盗版，请打举报电话 027-67867353

ISBN 978-7-5769-0615-8

《桂岳诗派》编委会

主　编　王先霈
顾　问　蔡红生
主　任　秦　恒　付义朝
副主任　钟文锐
成　员　李　晶　谢　琴　魏耀武
　　　　周　义　宋汉涛　沈　思
　　　　任梦璐

前　　言

校园诗人历来是当代中国文学的一支劲旅。从桂子山走出去、现已故去的知名诗人，新体诗有光未然、曾卓、董宏猷等，旧体诗有陶军、黄弗同、佘斯大等。目前活跃在诗坛上的则更多。

华中师范大学党委宣传部和出版社从校园文化建设的角度出发，策划出版《桂岳诗派》一书。华中师范大学出版社于1997年到2011年曾陆续出版过名为"桂岳书系"的系列丛书。该丛书编辑出版的目的在于"从根本上强化学校的建设，使高等学校稳稳地站立在文化的峰顶"。因此，这次策划出版《桂岳诗派》，在拟定选题名称上也借鉴了"桂岳"之名。

本套书在入选诗人的标准方面，经过多次讨论，最后确定的原则是：其一，只选目前健在的诗人；其二，以中青年诗人为主体，部分年长的诗人只要创作仍然活跃，亦可选入；其三，既可以选新体诗人，也可以选旧体诗人；其四，以华中师范大学校友出身的诗人为主体。秉承上述原则，刘益善、谢克强、李少君、张执浩、李强、余仲廉、邹惟山、段维、姚泉名、胡均华、剑男、易飞的优秀诗作入选《桂岳诗派》。12位诗人中有10位为华中师范大学校友，个别诗人虽未曾在桂子山求学、任教，但长期关注、支持华中师范大学诗教工作，高度认可"桂岳诗派"，为展现华中师范大学诗教工作既立足桂子山，又走出桂子山的博大和开放理念，我们也谨慎将之选入。

从入选的 12 名诗人的诗体来看，新体诗人占了 9 位，旧体诗人只占 3 位。这与当下新体诗的"强势地位"是吻合的。但新旧体诗从来不应该对立，而应该相互借鉴、相融共生。从诗歌的源头来看，旧体诗是新体诗的源头。新体诗在"五四"时期才从旧体诗的母体中分娩出来，自立门户。旧体诗有 2500 多年的历史，而新体诗的历史不过百年。现在就说新体诗一定会比旧体诗有前途，恐怕太过武断。新体诗还在不断嬗变中，将来走向何方谁也说不清楚。但可以肯定的是旧体诗不可能消亡，它会在不同时代因融入时代特色而卓然生辉。当然，新体诗完全可以从旧体诗中吸收有益的营养，发挥旧体诗所不具备的相对自由表达的优长，不断地去完善自己。从历史上来看，那些著名的新体诗的倡导者如胡适、闻一多、何其芳等，其旧体诗功底都极为深厚；而像徐志摩、戴望舒、余光中、郑愁予等，其新体诗中都充盈着旧体诗的元素。

刘益善从华中师范大学毕业后，长期在文艺单位工作，曾任湖北省作协副主席和《长江文艺》杂志社社长、主编，培养过众多的作家和诗人。他的《翠柳街》主要是对当下日常生活的思考，遥远乡村岁月的记忆，浩浩长江上的感悟，革命年代人事的叙写，是一种多声部的合唱。作者用朴实晓畅的诗句，书写了城市繁华中那留在小街的乡愁，乡村振兴后那遗留在一隅的旧屋，那挂在奔腾的万里长江江面的夕阳，大别山里的一响而聚众四十八万的铜锣，民主人士的最后演讲，深藏功名六十五载的老兵。诗里有长吟、有短咏，充满了激情和深情，有不绝如缕的思恋。

谢克强是一位相当活跃的诗人，曾任湖北省作家协会驻会副主席、《长江文艺》副主编、《中国诗歌》执行主编，对于作家和诗人而言也是一位知名的伯乐。他的诗集《风从故乡来》所收作品主要是其近期所作，无论是故乡的风、父亲的土地、母亲的炊烟、儿时的往事，还是阔别多年重回故土的万千感怀，都使诗人将乡情乡愁作了一番诗意的诠释。这种诠释已不再是乡情乡愁，而是一种根的哲学、一种人生与命运的诠释。诗人以质朴的语言、真挚的情感、不凡的构思，将实与虚巧妙结合，更将具象升华为意象，不仅营造出诗的情感境界，也使诗作获得美的意蕴，因而既给人以思想启迪，又给人以审美愉悦。

李少君曾任《天涯》杂志主编，现为《诗刊》主编，不少新体诗人视其为"掌门人"。《心学集》是他二十多年来的诗歌结集。二十多年来，他从天涯海角到京城，从祖国大地到世界各地，以诗为证，描述所见所闻，记录生活印迹，抒发内心情感，留下思考感悟。他遵循的诗歌原则是：诗歌是一种心学，诗歌更是一种情学，诗歌应该为世界提供意义；在勤奋开拓和孜孜劳作中，在人与诗的互证中，可以诗意地栖居在世界之上。

张执浩是一位新锐诗人，现为湖北省作协副主席、武汉市文联文学院院长，曾获第七届鲁迅文学奖。《每一次告别都是阳关三叠》收录他21世纪以来创作的自己比较喜欢的作品，侧重于呈现日常生活中的情感面貌，在对亲情、友情、爱情的书写中，呈现出诗人成熟浑厚的语言技艺，展现出轻言细语、委婉随性的美学质地，并由此形成了诗人"目击成诗，脱口而出"的诗歌风格。

李强是一位公务员出身的诗人，据说其爱诗成癖，真的到了看淡名利的境界。其诗集《武汉来了》分为上下两辑。上辑写"第一家乡"红色苏区龙港，下辑写"第二家乡"英雄城市武汉，这几乎囊括了作者全部的人生。写龙港的纯粹一些，作者梦回童年、少年，看山水草木、人情世故，如一首美丽的乡村咏叹调。写武汉的丰富一些，诗人从17岁开始读书工作于此，任职于省、市、区三级党政机关，以及大专院校、国有企业，对武汉的感受是整体的，又是具体的，他的诗如一首英雄城市进行曲。

余仲廉是一位知名的慈善家，他创建的博昊基金会已资助贫困大学生两千多人。他也是一位颇有名气的文化人，在哲学、美学、书法和书法评论等方面均有相当深厚的造诣。他经历丰富、爱好广泛，写诗可能只是"余事"，却出版了十几本诗集。他的诗集《我的所有》收录了其近年来创作的部分新诗，题材与内容很丰富，风格也十分鲜明。他以哲学思考着眼于存在，以哲学思维投注于生活，将身处世界、社会的所见所闻和所感所思以及对人生、自然、历史与文化等问题的思考转化成诗。因此，他的诗歌有着独特的思想感悟、深刻的人生哲理，不仅内在的思想相当突出，而且外在的感性也得到了保存，诗与思比较好地融合在了一起。

邹惟山是华中师范大学文学院的教授，以文学地理学研究和十四行组诗写作见长，曾任《中国诗歌》副主编、《外国文学研究》副主编、《世界文学评论》主编。他至少属于教学、科研、创作三栖人才。他于诗新旧兼修，又力图在形式上有所创新。《桂岳集》是他开始无韵自由体创作之后的第一部诗集，收录了他最近三年的部分诗作，大致以编年体的方式呈现。这些作品主要表现了他在行旅中的所见所闻，但并不限于目之所及和耳之所闻，而是可以由此及彼、由表及里，抒发了他对世界大局与中国命运的思考，以及对于人生意义与自然存在的探索，具有一定的深度与广度，同时也富于诗情与画意。

段维在华中师范大学出版社做了30年编辑，任副总编、总编近20年，后来改做党务工作，现为中华诗词学会乡村诗词工作委员会主任、湖北省中华诗词学会会长。他的本科、硕士以及博士学的都是政治学，但不少人最初以为他是学中文的。其诗集《一生知己是文章》收录了其在2021年1月—2024年5月间创作的旧体诗词作品。他称自己的创作题材大致有三类，简称"三园"，即"故园""校园"和"政园"（时政诗）。他是一个有着明确目标追求的旧体诗人和诗学研究者，在守正创新方面取得了较好的平衡。他的时政诗一开始主要采用七律体裁，探讨意指的多重性和句式的多样性，后来这种风格也渗透到其他题材之中，被诗评界称为"不言体"（段维字不言）。而在词的创作方面，他又尽量保持词之要眇宜修的本性，尤其是小令还保留着花间词的气息，长调则呈现豪放与婉约兼具的特征。他的故园诗词，对父亲的书写别具一格，这是其他旧体诗人很少涉足的题材。他对校园诗词有着自己的定义，认为校园诗人所写的诗词并非一定就是校园诗词，而是只有写出了校园特色的诗词才是校园诗词。他写的学生宿舍搬家、学生晒被子、学生云上毕业论文答辩、校园防疫等题材，无不深入师生的个性生活之中。

姚泉名早年从事语文教学，现任中华诗词学会乡村诗词工作委员会副主任兼秘书长、湖北省荆门聂绀弩诗词研究基金会代理事长，可谓是专业的旧体诗人了。其诗集《掬来一捧手如蓝》收录了其在2010—2023年间创作的诗词作品400余首，在"雅正出奇，求正创新"的理念下，他以传统诗词抒写古今之事、感发天地之音。其笔下的人事景物，无不是其在游历过程中对历史的追索、对时空的叩问、对禅道的妙悟、对山水的感知、对民情的回放、对风俗的描绘、对朋友的酬唱、对世事的体会。他的作品创造性地融合古今元素，恰如其分地将当代思维与时代语言揉入古典诗词创作中，既展现了传统诗词的古雅之美，又呈现了当代格律诗词的活力。

胡均华曾经当过语文教师，当过公务员，也曾下海经商，经历丰富，现任湖北省中华诗词学会副会长兼秘书长。其诗集《云水禅音细细吟》收录了其在2015—2024年间创作的诗词作品400余首。他秉承"写真生活，发真性情"的创作理念，多取材于现实生活，从所闻、所历、所感的日常过往中生发诗意，既见家国情怀，亦具市井烟火气息。

其在艺术表达上追求情景相生、清新自然的风格，注重对中华诗词经典作品章法、技法的精研考究，并应用于指导当今诗词创作实践，倡导并践行传承与创新并行、读与写结合、入情入境的诗词创作方式。描绘诗意的生活，表达生活的诗意，是《云水禅音细细吟》所刻意追求和努力呈现的。

剑男在华中师范大学文学院当过刊物编辑和教师，是一位低调而勤奋的诗人，作品曾获丁玲文学奖、湖北文学奖。其诗集《万物都有一个安静的去处》收录了其在2015—2024年间创作的诗歌作品200余首。该诗集聚焦诗人故乡幕阜山的自然山水和风土人情，以及生存于其间的父老乡亲们艰辛而淳朴的乡村生活，集中展现了诗人渴望通过诗歌重建人与自然关系的写作理想。剑男的诗歌注重人对自然的深度介入，既有精神的高蹈，也有对生活现场的热情灌注。故乡的一草一木在诗人笔下回归自身，自然和人作为本体被再次发现，在对朴素生活的观察中渗透着深刻的思考。

易飞早年在报社做过记者，后来在杂志社做过总编，兼写长篇小说，近几年转为新体诗创作与评论。据他自己说"算是找到了感觉"。其诗集《傍晚下起了阵雨》是其2020年回归诗歌后的作品结集。其诗作题材丰富，风格不断变化，饱含热情、勤勉和朴诚的精神，引起诗坛关注。其诗艺渐至精妙，且日臻浑圆，不断有佳作出现。特别是其"亲人系列"作品，情感深沉，含义幽微，别开生面，余味厚重。他近年开启"易飞掰诗"评论系列，精读文本，从一个写手的角度直言自身感受，其庄敬、实诚、直接的论诗风格为人所称道。

  以上只是对 12 位诗人的作品进行一种浮光掠影式的浏览，旨在为读者勾勒出"桂岳诗派"的总体形象：每一位入选者都有自己的特色，集合在一起会爆发出巨大的能量。武汉大学有"珞珈诗派"，10 年前就树起了旗帜，影响不小。后起的"桂岳诗派"能否向"珞珈诗派"看齐，或者形成"比学赶帮超"的态势，则取决于华中师范大学诗人群体的共同努力。当下我国诗坛的诗派不是太多，而是太少，为什么不可以在学校提出建立"桂子学派"的同时，也建立一个影响广泛的"桂岳诗派"呢？同时，也希望我们的每一所重要的大学，都能结合自己的优势和特色，在这方面做出一个或多个样板来。

2024 年 6 月 28 日

目　　录

在野三关四首　　选三 / 001
　　其一，列车的尾巴 / 001
　　其二，列车的头颅 / 002
　　其三，在野三关里 / 003
在长阳十二首　　选九 / 004
　　其一，龙耳屋基 / 004
　　其二，大国工匠 / 005
　　其三，老奶奶的喜好 / 006
　　其四，我们也许都是一块腊肉 / 007
　　其五，宋家冲 / 008
　　其八，云上 / 009
　　其十，云上花开 / 010
　　其十一，凤凰飞至 / 011
　　其十二，观音冲里 / 012
在安庆二十首　　选十五 / 014
　　其一，西风禅寺 / 014
　　其二，大石头 / 015
　　其四，安庆的太阳 / 016

其五，迎江楼 / 017

其八，双龙湖 / 018

其九，红楼 / 019

其十，桐城雨 / 020

其十一，安庆会议 / 022

其十二，太湖南站 / 024

其十三，一等座 / 025

其十四，佛图寺 / 027

其十五，专人烈士祠 / 028

其十六，告别安庆 / 029

其十七，池子坏了 / 030

其二十，皖源何在 / 031

安庆振风塔二十首　选十六 / 032

其一，学问 / 032

其二，学生 / 034

其三，中心 / 035

其五，听黄梅戏 / 036

其七，望江楼 / 037

其九，花亭湖 / 038

其十，龙眠山 / 039

其十一，只是一顿 / 040

其十二，花亭湖里的鱼 / 042

其十三，空心菜 / 043

其十四，安庆苕 / 044

  其十五，赵朴初 / 045

  其十七，大别山 / 046

  其十八，夏汉宁 / 047

  其十九，高人雄 / 048

  其二十，陶礼天 / 049

在贵阳二十首　选十五 / 050

  其二，东山 / 050

  其三，酸汤鱼 / 051

  其四，将军山 / 052

  其五，平步青云 / 053

  其六，六十岁的"小伙子" / 054

  其七，木雕大师王万廷 / 055

  其八，陶艺传人 / 056

  其九，观山湖 / 057

  其十，不只是夜郎 / 059

  其十二，哭声与笑声 / 060

  其十三，窗户之外 / 060

  其十七，李志勇 / 061

  其十八，朱峰 / 062

  其十九，袁鹏 / 063

  其二十，蒋永杰 / 064

在阳新十首　选六 / 065

  其一，老鹰茶 / 065

  其二，五个男子汉 / 066

其三，河粉 / 068

其五，想象黄石 / 069

其六，挖得差不多了 / 070

其十，仙岛湖 / 071

在双井村十首　选六 / 072

其一，双井村 / 072

其二，杭口镇 / 074

其四，黄鲁直 / 075

其五，为母亲洗脚 / 076

其六，争论 / 077

其十，修水之名 / 078

在竹塅村十首　选八 / 080

其一，陈家老屋 / 080

其三，幽深的山谷 / 081

其四，高山之高 / 082

其五，长条形的老屋 / 084

其六，凤竹堂 / 085

其七，竹塅村 / 086

其九，开门 / 088

其十，文学 / 089

在江夏十首　选七 / 091

其一 / 091

其二 / 092

其三 / 093

其四 / 094

其八 / 095

其九 / 096

其十 / 097

在武昌十首　选八 / 099

其一 / 099

其二 / 100

其三 / 102

其五 / 103

其六 / 104

其八 / 105

其九 / 106

其十 / 107

在嘉鱼十首　选八 / 108

其二 / 108

其三 / 110

其四 / 110

其五 / 111

其六 / 112

其八 / 113

其九 / 114

其十 / 116

在武当山十首　选五 / 118

其一 / 118

其二 / 119

其八 / 120

其九 / 121

其十 / 122

2023年教师节十首　选九 / 123

其一 / 123

其二 / 124

其三 / 125

其四 / 126

其五 / 127

其六 / 128

其八 / 129

其九 / 130

其十 / 131

在黄鹤楼六首 / 134

其一 / 134

其二 / 135

其三 / 136

其四 / 137

其五 / 139

其六 / 140

在雄楚十首　选九 / 141

其一 / 141

其三 / 142

其四 / 143

其五 / 143

其六 / 144

其七 / 145

其八 / 146

其九 / 147

其十 / 148

在国际论坛十首　选八 / 150

其二 / 150

其三 / 151

其四 / 152

其五 / 153

其七 / 154

其八 / 155

其九 / 156

其十 / 158

在唐家墩十首　选七 / 158

其二 / 158

其五 / 160

其六 / 161

其七 / 162

其八 / 163

其九 / 164

其十 / 165

在洪山六首 / 166
　　其一 / 166
　　其二 / 167
　　其三 / 168
　　其四 / 168
　　其五 / 169
　　其六 / 171

在九峰十二首　选九 / 172
　　其一 / 172
　　其二 / 173
　　其四 / 175
　　其五 / 176
　　其六 / 177
　　其七 / 178
　　其十 / 179
　　其十一 / 181
　　其十二 / 182

在江汉十首　选八 / 184
　　其一 / 184
　　其二 / 186
　　其三 / 189
　　其五 / 191
　　其六 / 193
　　其七 / 194

　　其八 / 196

　　其十 / 197

在秋天的双峰上十首　选九 / 199

　　其一 / 199

　　其二 / 199

　　其三 / 200

　　其五 / 201

　　其六 / 202

　　其七 / 203

　　其八 / 204

　　其九 / 205

　　其十 / 206

在巴东六首 / 207

　　其一 / 207

　　其二 / 208

　　其三 / 209

　　其四 / 211

　　其五 / 211

　　其六 / 212

桂子山上的狂欢节十首　选九 / 214

　　其一 / 214

　　其二 / 215

　　其三 / 216

　　其四 / 218

其五 / 218

其七 / 220

其八 / 221

其九 / 223

其十 / 224

海德格尔十首　选八 / 225

其一 / 225

其二 / 226

其三 / 227

其四 / 228

其五 / 229

其七 / 230

其九 / 231

其十 / 232

在内冲十首　选八 / 234

其一 / 234

其二 / 235

其三 / 236

其四 / 237

其五 / 238

其六 / 239

其八 / 240

其十 / 241

在岳阳八首　选六 / 243

其一 / 243

　　其二 / 244
　　其四 / 245
　　其五 / 246
　　其七 / 247
　　其八 / 248
在桂花前以诗论诗十二首　选十 / 250
　　其一 / 250
　　其二 / 250
　　其三 / 251
　　其四 / 252
　　其五 / 253
　　其六 / 254
　　其七 / 254
　　其八 / 255
　　其九 / 256
　　其十 / 257
六十自述十二首 / 258
　　其一 / 258
　　其二 / 259
　　其三 / 260
　　其四 / 261
　　其五 / 263
　　其六 / 264
　　其七 / 265
　　其八 / 266

其九 / 266

其十 / 267

其十一 / 269

其十二 / 269

文澴楼外的蓝波十二首　选四 / 271

其一 / 271

其三 / 272

其四 / 272

其八 / 273

关于文学地理学七首　选五 / 274

其一 / 274

其二 / 275

其三 / 277

其四 / 278

其五 / 279

星空不是我们的家五首　选三 / 280

其二 / 280

其三 / 281

其五 / 282

编后记 / 284

在野三关四首 选三

其一,列车的尾巴

有一位诗人
抓住了列车的尾巴
说是要去远方
我又抓住了
远方的尾巴

我说风太大了
远方说不大
从来也就如此

我回答说
从来如此,便对吗
历史是由人民写的

我们
既要看眼前酒
又要重身后名

远方说
我们先喝上一口
我回答道
二钱即可
他说,八两不多

说着说着
这条尾巴就变成了
一段明晃晃的未来

其二,列车的头颅

怕他人吵闹
买了一个一等座
不想却坐上了
列车的头颅

天上的白光
照透了黑暗

我说
黑与白原来是
如此的分明

远方说
如果没有明亮的双眼
黑与白的意义
就不明显

我说
世界上的事情
丰富而多样
正如立在列车的头上
所看见的现状

其三,在野三关里

博士把车子
开进了关里
转来转去
也还在原来的路上

十二点一刻了
信息还没有上来
却来了一阵大雨

我问他们
现在到第几关了呢
电话的那头

传来了
三头野兽的吼声

我说
他们还在山路上
奔走

2023 年 8 月 13 日
武昌江南云台

在长阳十二首 选九

其一，龙耳屋基

一只龙耳
从天上延伸而来
半掩着
你的旧居

屋里还有
一些温暖
一些神秘

蓝色的清江
在此转了一个大弯
又前去了百里画廊

诗人们流连忘返
在此藏风聚气

我说
十年之后
江山如此美丽

其二,大国工匠

从前我认为
大国没有工匠

有的人扫地
都扫不干净
有的人盖瓦
都盖成歪的

有的人补漏
都九次再漏
于是我痛心疾首

而自此一病不起

今天来到云上花开
却发现了
西班牙的典雅
葡萄牙的美酒
日本人的精致
德国人的精工

就连观音冲里的石头
也特别有味
正是它们
让我沉醉不醒

其三,老奶奶的喜好

李博士的奶奶
已经九十有七
她没有老态
也没有龙钟

她自己吃饭
自己洗脸
自己冲厕所

她说
凤凰起飞的时候
还风起云涌

是什么让她
如此的健旺
也让我们一行
不断地惊耸

六十九的儿子说
是酒和腊肉
一天三顿小酒
就忘记了年龄

一年四百多斤腊肉
已在她的嘴里
化为了
一股青春的清风

其四,我们也许都是一块腊肉

在观音冲的下面
挂着许多腊肉
一块又一块
布满了一根横梁

四位诗人来到下面
仰望着天空
说，好香好香

以十五元一斤的价格
买了三条，又加了两条

我用手一摸
似乎摸到了
诗人远方的筋骨

颤抖了好一阵子
他回头与我说
也许我们都只是
一块块腊肉
等待着中年的火烤

其五，宋家冲

李博士的父亲
已年近七十
却比中年人更加健壮

他开着一辆小车

在山上跑来跑去
跑上跑下
根本不看方向

他说不用的
这里的每一捧泥土
每一片水草
都在心里发烫

宋家冲的夜色
已是满头的黑发
他一人走在前面
以手机的微光
就已经把天地照亮

我们从观音冲下到宋家冲
就像从高冷的神界
又回到了烟火的地上

其八，云上

我来到你的云上
就看见了太阳
正在
升起于东方

天地之大美
进入了我小小的心脏

我来到你的云上
就看见了月亮
正在
降落于西方

天地之大美
照亮了我方方的脸庞

云在山上
人在云上
一切的美学
都来自天堂

其十，云上花开

一朵白云
升起在野三关上
一升而再升

白岩子村
一瞬之间
就穿越了

我的心脏

这小小的心脏
怎抵得住漫天的喜雨
和一本一本的诗书

从利川到建始
从巴东到巴西
到处都是花开的形象

云上花开
和云下的花闭
真的不一样

花开
就是生命的张开
花闭
也是自然的成长

其十一,凤凰飞至

有一只凤凰
从东湖的波上
打开了巨大的想象

不想成为李白的鹰
也不想成为崔颢的笛

于是飞向了
遥远的西方

千年之后
在巴东的东方
一个关口开始野起来
一开口就引起了
土家人的合唱

一座城池开启了
一个崭新的时代
那一只古老的凤凰
开始舞蹈在
昭君的原野上

其十二，观音冲里

有一天
程千帆先生的弟子
开着自造的奔驰
来到了白岩子村

他不知从哪里上去
才可以到达
观世音的道场

四方都是云上
到处都是花开
他只有在忧伤中
不知所向

同行的朱小弟
抽了一支雪茄
展开了云上的想象

他说
只要一直向上走
就可以听见花开
就可以到云上

张舜徽先生
以历史教育了我们
还有大量的考证
这一点小事
不算什么

他一踩油门

观世音的彩裙
就飘在了野三关上

2023 年 8 月 22 日
武昌江南云台

在安庆二十首 选十五

其一，西风禅寺

你不想爬上高山
因为你本来
就是一座高山

于是坐在西风禅寺
"西风"二字之下
想享受一阵西风

可是
今日上午西风禅寺
没有西风
而只有东风

东方风来,满目青山
满耳蝉鸣

你说
东风和西风
似乎也相差不远

其二,大石头

走进西风禅寺
就有几块大石头
立在高坡之上
几千株楠竹
护住了它们

你说,大诗人
写几行诗
刻于石头之上
可与日月同光

我看了几眼,说
大诗人就是大石头
小诗人就是小石头
楠竹只是一支支笔
搁在了笔架之上

如果没有石头的品质
如何写诗呢

其四，安庆的太阳

来到西风禅寺的门前
卢博士扯起衣服
挂在了头上

我说
为何如此呢
他说
太阳实在太大

我用手试了一下
空气中正涌动阳光
一浪高过一浪
一波热过一波

我问，安庆的太阳
是比湖北的大吗

我望了一下天上
蓝色的空中，巨大无比
一颗红色的火球

正在急速地飞奔

从古代奔向眼角
差一点把我撞伤

其五，迎江楼

在安庆的长江边
望向江面
一艘又一艘大船
穿行于上下之间

上可达喜马拉雅
下可入太平深渊
轮船的模样
与我在武汉所见
没有什么不同

只是
太平洋上的彩虹
青藏高原上的冰雪
在我的心中
不停地变幻
迎江楼
迎来的是今天

送别的是古远

其八,双龙湖

这本是一座省城
有一所国立大学
传说刘文典与蒋介石
在此发生争执
而今省会搬走
国立不再,然而
风采依旧,戏韵依旧

大龙山下
一座新校园更长
一个双龙湖更宽
一座培德桥更高

青山绿水中
二龙正在戏珠
它们一大一小
绘出了一幅
巨大而神秘的山水长卷

今天下午
我来到双龙湖边

那远方的大龙山
正在舞动着夏风

其九,红楼

一座只有两层的楼
本身并非红色
却被称为红楼

让天下所有学者
备感沉重
深感忧愁

朱光潜
是一个光闪闪的名字
点亮了中国美学的天空
如同宽广的皖江
不断地东流

有一位诗人
一生特别敏感
特殊的才华
时代的风雨
个人的际遇
让他成为漏水的小舟

纵身一跳
让多少人心惊
让多少人泪流

郁达夫的小说
乃是天下第一流
而富春江里的春天
隐居在红楼的壁上
已过百年
今天还是同样的风流

风雨之夜
进入了这个历史的空间
一百多名学者与作家
正在饮酒

他们的平和与坚定
他们的博学与探索
让这座百年小楼
与皖江同寿

其十，桐城雨

今天，十三位大侠
来自中国文学地理学会

有男有女
有老有少
有高有低
有长有短
都想以自己的双腿
丈量这桐城的深浅

我们来到桐城一中
拜谒古旧的石碑
不可移动的文物
没有完成的对联

已经灰色的小楼
与我们对视
展开了一场
特殊的相思
深度的交流

选学并非妖孽
桐城更非谬种
六千年的历史
三千年的文脉
传承至今
并且发扬光大

十几位院士的少年
在这里
已将高峰染就

一出校园
就下起了大雨
让我们的车子
在风雨中逆行，不辨春秋

桐城的这一场大雨
让诗人们深怀着
先天下之忧之忧

不是茶的颜色
不是桐的颜色
不是月的颜色
不是书的颜色

龙眠山下的一池
国色天香
才是真正的
华夏风流

其十一，安庆会议

这几天

在大龙山下的菱湖上
举办的安庆会议
把文学地理学研究
推向了一个新的高潮
像皖江上的二龙山
吐出了一个莲花湖

礼天兄举起了
一件黑色的陶瓷
并且敲出了清脆之声

他说
桐城派的古文和风骨
又找到了地理依据
有了一个哲学基础

我说
你把一场小会
开成了一场大会
这就是一个奇迹
成就了一段历史

当我们回首历史的烽烟
一个团队
走成了巨轮的形象

在皖江宽广的脸上
不断地奔突

郭青林和王谦两位博士
是真正的冲锋手
他们勇敢地前行
又处处讲究礼数

有人说
名师出高徒

其十二,太湖南站

在太湖南站
望向大别山
就看见了
又一阵黄梅雨
落进了夏天
照亮了秋眠

花亭湖里的水
如此清凉
原来都是
大别山的泉流
闪耀在仙女的双眼

谁说太湖县没有湖呢
一个女子在山中
举起一千朵浪花

让生命的流风
定格在了
我的山前

其十三,一等座

在一号车厢07A座
坐了一个半小时
一直不得安宁

有人以为
坐进了一等座
也就高人一等
所以大声地哼哼
大声地嗡嗡
大声地哭
大声地笑
大声地玩手机

而在我的耳中
回响起昨夜

那一场黄梅戏
一种特别美的音韵
一种特别柔的格调
一种特别厚的言语
已经让我沉醉不起

不是每一个人
都有讲话的权利
就是在广阔的舞台上
那些德艺双馨的艺术家
也讲得轻声细语

马兰在上海欣赏秋雨
而严凤英在湖上
以秀美的身段
掀起了
一天的彩云

有一点钱算什么
有一点权算什么

如果没有做人的底线
还不如
沙尘里那一只
断腿的蚂蚁

其十四,佛图寺

在花亭湖上
有一座佛图寺
一直无缘相见

我们在山下找来找去
也不见其踪迹
只有朴初的故居
沉默不语

一千五百多年
一直在深山中
隐居

而在寺前
有一座典雅的古镇
因水而起

人们大块地吃肉
匆匆地起居

有一座佛教大寺
隐藏在竹林里

成了居士们
永远的记忆
在花亭湖的深处
有一只黑色大鹏
正在扶摇直上九万里

佛图寺
在他黑色的翅膀下
隐去

其十五,专人烈士祠

当迎江楼上的诗人
迎接长江的时候
我登上了江堤
遥望着
对岸的初秋

立秋之后
并没有凉快
昨天在桐城的六尺巷里
三百年前的风
也让我一直汗流

当我转过头来

一座有名有姓的烈士祠
进入了我的眼眸
并且让我震惊

看来安庆这个地方
还真与众不同
为一两个烈士
专祠纪念,已经很久

其十六,告别安庆

昨天夜间
回到了武昌的床上
可听到的还是
桐城的雨声
一整晚都下在
我早已稀疏的头顶上

我想念安庆的莲湖
虽然没有莲花
却有广阔而深远的莲香

我向往那一座
连绵起伏的大龙山
当我坐上高铁

在浓浓的夜色中
又看了它一眼

一个巨大的山洞中
那一条大龙
一百年以来
并没有入眠

其十七,池子坏了

如果是水坏了
就可以换水
让旧的流出去
让新的流进来
流进流出
就可以常年不腐

如果是池子坏了
就需要换池子
重新设计并建造

今天补一洞
明天补一洞
多让人烦恼

没有永远不坏的池子
也没有永远不动的水
正如世界之上
没有万世之朝

其二十，皖源何在

当我住进这家大酒店
就在寻求一个答案
曾经作为省会
安庆有什么样的起源

8808号房，是一个美好的空间
在半夜，卢建飞脸朝天上
面色温暖，却没有声息

一个古老的符号
飘过了我的眼前

我爬上楼顶
看见了一条大江
从楚国奔腾而至
又流向东吴

一座大龙山

在夜色中朦胧不清
以至于不见真身
而双龙湖里的水
正相伴着万朵莲蓬

皖源何在呢
在黄梅戏的唱腔里
大别山的秋风
正传遍广阔的江南

2023 年 8 月 16 日
在安庆

安庆振风塔二十首 _{选十六}

其一，学问

要说学问
怎么大得过
俩母仙山

一前一后

一老一少
一方一圆
一东一西
就这样
形成了太极图的核心

要说学问
怎大得过
那庙坝上的罗念生

一希一中
一古一少
一文一白
一戏一诗
就这样
产生了三代人的图形

要说学问
你那些都不算什么
大字不识何来
小图不识何形
古符不识何纹

在大师面前
是一条小小的蚯蚓

其二,学生

在人民面前
应当是一个学生

与人民一起生活
与人民一起前行
与人民一起读书
与人民一起酣睡
与人民一同沉醉

只讲对了一半
看走了一个眼神
同时也需要当先生
并且是不吝赐教的
先生

饱读诗书是为什么
厚积薄发是为什么
自由思想是干什么
独立灵魂是干什么

面对大众的启发
面对社会的引领

就像一群过江的牛
还得有一只领头的
牛鬼蛇神

其三,中心

安庆
曾经是历史上的
一个中心

经济的中心
文化的中心
政治的中心
军事的中心

可是这些
早已经成为
历史的倒影

曾经的省会
多么繁华
万家灯火
一潭桃花

黄梅的雨落在心上
都还跳动着神韵

大龙山还在
双龙湖还在
菱湖还在
莲湖还在

振风楼前的长江水
正如一条巨龙
长鸣

其五，听黄梅戏

在菱湖之上
有一个女子
因黄梅戏而生
因黄梅戏而亡
今天
仍然在有光的小岛上
歌唱

今夜，观看您的后辈
所演的黄梅戏后
难以入眠

一场场精彩的戏剧
让我过目不忘

精美的服饰
精妙的唱腔
经典的台词
精彩的形象

就如一阵大雨
洒在我小小的心上

而在我的身上
有一朵黄梅
一夜间开放
好香好香

其七,望江楼

在锦江的转弯处
有一座典雅的古楼
名叫望江楼

几千年了
望的是同一条江
还是另外的一条江呢

锦江天地
虽然美丽
却只是那么一小幅

就像唐朝
那个薛涛
守在古井上一千年
却难以走出
一代旧时的王朝

其九，花亭湖

这样美的山
这么美的水
这样美的山水
就像一朵莲花
开在了大别山的怀里

为什么以亭命名
而且是花亭

亭在何处
花在何方
水在眼里

原来那一点点白帆
就是千年的白莲
那一座座佛寺
就是万里的西天

其十，龙眠山

在桐城雨中
我们寻找龙眠山
因为雨太大
天又黑
只能在山之外
看上一眼

这一眼不要紧
却引来风起云卷

一座座古墓
隐在了龙的鳞片上
不少古人
露出了小小的白脸

你们不是龙
也不是凤

而只是甲壳虫
一只又一只
不知何时
爬进了深山

龙腾而虎跃
是古老的中国
虎在三清之外
而龙在长江之岸

虎已在长啸
而龙却在冬眠

其十一，只是一顿

西风禅寺的传生大师
大热天穿一件长衣
和一条长裤
在门口的西风中
迎接我们

他跑上跑下
走来走去
前前后后
左左右右

为我们介绍
那些历史上的
有形和无形

以石雕而表现
本寺的历史
和求佛的过程
一个个故事
化为了精美的图形

走马观花
浮光掠影
这里看看
那里听听

西风已去
东风已临

他说
你们七零八落
很不成形
也不好讲解

前面已进山海天
后面才到凌波门

我问法师一天吃几顿
他回答说
一顿

这时,窗外飞起了
一片白云

其十二,花亭湖里的鱼

从西风禅寺
一直下坡
就到了大湖的门口
许多的船只
在水边上光着身

湖里有鱼吗
当然有

不信你看
在门内的宽大铁棚上
成千上万的鱼干
已然直挺

还这么小呀

就已失去了生命
眼睛鼓起
小嘴张开
面无血色
且已变形

在西风禅寺外
是什么样的人
对花亭湖里的花
如此仇恨

其十三,空心菜

花亭湖上的大餐
引起了争论
到底是空心菜
还是苕粉

我再次看了一下
这一盘青菜
已经空心
仍然被做成了菜
等待虎吞

即使是苕粉

也很残忍
先要被打碎
再进入磨盘
又被拉成丝
在太阳下炙烤
要多少个时辰

人类的无耻
于斯为盛

其十四,安庆佬

天上九头鸟
地上湖北佬
这一句谚语
已流行多年
让我烦恼

九头鸟一飞
洞庭湖上见昏晓
长江水里显妖娆

可是也有人说
十个湖北佬
抵不过一个安庆佬

我不相信
这样的民谣

当我听了黄梅戏
看了大龙山
参观了古旧的红楼
还有独秀园的高潮

当蛇山之身
游进了皖江
一瞬之间
则飞入了云霄

其十五,赵朴初

一花
一草
一木
一沙
这就是禅宗之道

一水
一山
一石

一叶
这就是佛教之道

在花亭湖上
赵朴初的微笑
让我顿悟，而恨意全消

"大雄宝殿"几个大字
就像巍峨的大别山
雄峙东南

其十七，大别山

在中国的中部
在秦淮之间
雄峙着一群山
已有亿万年

据《禹贡》记载
在大禹时代
就有了大别山
就有了大江的南北
形如江汉之关

只是不知道

是江北的群龙
还是汉阳的
龟山

而禹王的行宫
隐藏于江海之间
已有数千年

其十八,夏汉宁

不想一个年近七十的人
还总是充满激情
拿酒来
拿酒来
杯莫停

在花亭湖的
水浪间
您大声地吟唱
如同一只雄壮的老鹰

宋代文学的大家
文学地理的前驱
江西诗派的同仁

一想起崇阳
您就想再次飞奔

其十九，高人雄

不想一个杭州美女
却在大西北的荒野
度过了青春

在民族历史的研究上
不断地耕种
终于有了收获
并且亩产千斤

对西北的历史变迁
了如指掌
就如看到手背上
清晰的肌理
朦胧的古今

萧山的村庄
才是您的归宿
那一方山水
滋养着您高贵的灵魂

其二十,陶礼天

出生于天长
生长于扬州
求学于芜湖
闻达于京都

早慧的您
来到珞珈山
拜望了一位哲学家
已迈入了半边
哲学的大门
却又退出了广庭

既然礼佛不便
礼君不成
那就礼天吧

观天地之物
察人类之情
成就伟岸的人生

2023 年 8 月 23 日
武昌江南云台

在贵阳二十首 选十五

其二,东山

本来要登上东山
看一看你的身体
及由身体所组成的公园

不料刚才下了一场雨
此时,鲁夫人来了电话
说还是不要上去

下雨之后路滑
上山的路又陡
年纪也大了
怕出问题

我很理解这样的担心
于是,我们只站在山口
一齐望向九州

东山之上
一定都是一些
古老的骨头
不然
贵州的男子
怎会如此清瘦

其三,酸汤鱼

在贵阳的大街小巷
到处都是
酸汤鱼馆
连空气中都弥漫着
一股浓浓的酸味

今天中午
两位博士
从南边的坡上下来
与我一起吃酸汤鱼
并且是十条
新鲜的黄腊丁

没有想到这一锅
来自苗族的美味
让我感到了生活的美好

生命的美好
黔水的美丽
友谊的可贵

并且有可能让我们
都像黄腊丁一样
苗条和可爱

其四，将军山

在建设职业技术学院时
你就像一位将军
运筹帷幄
决胜千里

八年来
以鲁班的精神
绘出了一幅宏伟的蓝图

我一进大门
就看见校园里
一位挺立的将军
身披铠甲
头戴锦绣
温文尔雅

气宇轩昂

千年以前
就已被命名
而我更愿意
叫它笔架山

有了笔架才有巨笔
有了巨笔
也才有了锦绣和美丽

其五,平步青云

当我坐上 G71 次高铁
没有想到会以
每小时 300 多公里的速度
与你相遇

三十四年前
我们相识于南湖
那个时候
你只有十九岁
我只有二十四岁

今天

你从南宁
平步到了高原之上
犹如一朵大大的青云

在一个小小的酒店
我们喝了一小瓶茅台酒
吃了一小盘小炒黄牛肉

我说
祝你身体如竹
理想如山
气势如虹
命运如云贵高原上
秋天的城

其六,六十岁的"小伙子"

一位六十岁的"小伙子"
第一次
在大西南的高原上
回顾了自己
四十年的课堂教学

他每说一句话
都感到羞涩和不安

平时太忙
没有时间往后看
今天他坐在一场大会上
把自己的经验和教训
娓娓道来

三百多位青年教师
从他的讲述中
看到了自己的
过去和未来
也有诗意和远方

其七,木雕大师王万廷

在清镇的将军山下
你以楠木为材料
以一把尖利的小刀
雕出了许多的生命
和有血有肉的身体

还有甲秀古楼
还有千户苗寨
还有长长的风雨桥
还有西南的历史

和广博的人文

王万廷
在挨近四川的山水间
成长为一个木工
由一个木工
成长为民间艺术大师
成了这所大学
光闪闪的招牌

不只是你
还有你的妻子
你的儿子
你的学生都在哪里
聚精会神地雕刻

这是一个少有的传奇
我离开的时候
你就如
刚才与我一起照相的
那个神仙

其八，陶艺传人

国家级陶瓷工艺大师

已经离去
而你和你的师兄还在
在你的身上
可见出他的神采

大国工匠
不是吹出来的
需要一把一把地抓
一条一条地转
一个一个地烧
还要观察其
一点一点地窑变

小小的工坊
广阔的舞台
一群又一群的工匠
从这里走出去
托起了西南高原上的
七色之云彩

其九,观山湖

来到了观山湖
就来到了
一座现代化的城市

科技的贵阳
教育的贵阳
美丽的贵阳

没有看到山
看见的都是水
都是波
以及水上的岛
和岛上的白鸟

市委和市政府
都已来到这里
轻轨和地铁
都开始在此飞驰
老人和少年
都在散步和微笑

没有想到
湖的周围都是高楼
摩天的高楼
有的还在
不断地上升

这时，我想起了
神话传说中的大禹和鲁班

其十,不只是夜郎

大诗人李白
在大唐的回光返照中
朝夜郎进发
头上飘满乌云
还没有走上高原
就开始折返

今天
我从江汉起步
一路南行,再向西
横穿一百多个山洞
就来到了一个
神奇的夜郎国

然而这不是夜郎
而是一个彩色的世界
到处都是勤奋的人
到处都是开朗的人
到处都是开阔的人
到处都是好吃的人

好吃

也许正是高原人的灵魂
和命根

其十二，哭声与笑声

我听见几个小儿
一再地大哭
哭得十分伤心
甚至有些恐惧
让高铁上的人们
有一些气闷

有人发出了恐怖的笑声
就像闷雷
打在了地下的水井

可是，小孩同样大哭
同样伤心
在这列高铁上
可能还有不少人犯着神经

其十三，窗户之外

在高铁的窗户之外
已没有了风景

在夜色之中
也许全都是魅影

在窗户之内
却是灯火通明
可是看见的
却是一片倒影

窗户之外和窗户之内
虽有一窗之隔
却也是石破天惊

其十七，李志勇

你不怎么讲话
我知道你特别善良
特别忍让

有的时候也想讲
总是没有讲出来
让我们觉得
温良恭俭让

过世了好几年
同学们都不知道

有同学专门到了水校
一摸那一条流水
才得知你自杀的消息

这时
都江堰里的水
已经变凉

其十八,朱峰

你身材高大
在我们年级
也许是第一

在北京语言学院任教
但六年之后
你连自己也失去了
语言能力
而轰然倒下

关于你自杀的原因
有多个版本
但我只相信一个
那就是
八达岭的长城

已在你心中垮塌

其十九,袁鹏

你本来是一只大鹏
可在小的时候
一次偶然的受伤
让你一生忧愁

太认真了
太负责了
忘了带上讲义
有什么关系呢
更可以在课堂上
自由挥洒

可是你要破窗而入
从一楼爬上二楼
从二楼爬上三楼
在开窗之时
忽然摔下

我们在这个年纪
痛失了一个同伴
成都

飞走了一片
彩色的云霞

其二十，蒋永杰

在贵阳的观山湖边
讲到你的名字
让我和老鲁
都泪如雨下

你讲话也不多
但有的时候
也会笑一下

本来要去北京找你
看一些少见的电影
但一直忙于生计
不知何时，才可以放下

你生病了
却没有告诉我们
你的夫人照顾你
据说尽心尽力
昆明湖里的水
都感动不已

你是四川人
个子不高
身体不厚
语言不多

但在我们的心中
你一直高大
如眼前的那一座青山

2023 年 8 月 27 日
武昌江南云台

在阳新十首 选六

其一,老鹰茶

昨夜
建飞泡了一壶老鹰茶
倒出来了
说您喝一杯

我说
还是不喝了吧
喝了老鹰茶
万一变成了
一只老鹰
就只有在树上栖
在岩上隐
在天上飞了

他说
那我就喝上一杯
随后就一饮而尽

今天早晨醒来
东找西找人不见
却在窗外的湖上
看到了他的身影

其二，五个男子汉

五个男子汉
在袁广村的水边和山边
走来走去

一个八十三岁

领头在前
一个二十五岁
走在最后
如一队轻松的岩鹰

一个六十多岁
走在第二
一个五十多岁
走在第三
如一支长长的雁阵

一个三十多岁
走在第四
并且总是
与树对视
与云相亲

老人问我
为什么
你总是走在第三呢

我回答说
我排行老三
所以不可冒进

其三，河粉

袁循博士关心
从南方来的师弟
在早餐时间
问你是吃米粉
还是吃面条

建飞博士回答说
我吃河粉
并且一碗就行

我说
今天来到了长江边
还吃河粉
你以为是在桂林
故土总是离不开身

他回答说
我生在河边
长在河岸
就只配吃河粉

我说

吃一碗江粉
也未尝不行

其五,想象黄石

袁循博士说
黄石的教育
已落后于黄冈
并且已经很远
很远

我说
可能是因为石头太多
并且都是黄色的
黄色的图形
黄色的内在
黄色的灵魂

他说,也不一定
黄冈的石头
也是黄色的吧

那不一样
黄石的石头
都变成了灰色

并且到处乱跑
往往令人胸闷
和气紧

其六，挖得差不多了

黄色的石头
组成了鄂东南的山岭
这就是黄石
名字的由来
和历史的风尘

大冶
小冶
都有问题
如果是中冶
也许就不一样了
可惜并没有人
听得懂流水的音韵

大家都去挖
贪得无厌
血口大张
令人心惊

要不了多久
就会挖完
挖得我们
山穷水尽

我说
不单阳新
不单黄石
不单中国
不单东方
人类已经不可追寻

只有地球
我们的母亲
一直对此
深感紧张
和怨恨

其十，仙岛湖

有人称你为千岛湖
你当得起这个名称
因为你有一千个岛
虽然你只是
一座水库

而我宁愿
称你为仙岛湖
因为你恍如仙境
江上清风
山间明月
半腰迷雾

当我踏上仙岛
我就成了一片雨露

2023 年 8 月 31 日
湖北省阳新县富池镇袁广村

在双井村十首 选六

其一，双井村

过了修水县城
大约五公里
就到了杭口镇
马上就进入了

一幅至美的画卷

双井村的大名
刻在岩石上
犹如两只
大大的眼睛

一眼望见了她
就让我喜不自胜

在近千年之后
我从鄂州过来
从阳新过来
专程向您致敬

显然
您已经热泪盈眶
转动了两口双井
井水并沾上了
那灰白的衣襟

近千年了
有几个湖北诗人
来过这一个山谷
您说:欢迎!欢迎!

其二,杭口镇

背后是高耸的杭山
前面是一片
广阔的画境

一叶扁舟
已收锚东行

神仙所居的杭口
早已闻名于世
并流传至今

四十八位进士
出生于这里的黄家
在中国文化史上
一直闪耀着人们的眼睛

一位名叫黄庭坚的诗人
出生于这里
他积极入世
建功立业四十年
却并未有
还乡的衣锦

他手执扫把
写下大字,震古烁今
形似长橹
笔画长扁

如一个力大无比的船工
划向了世俗的江河

一个伟大的灵魂
却一直
隐居在左边的山林

其四,黄鲁直

我一直敬佩您的人格
就像一个小孩
仰望着高天上的星云

既鲁且直
敢于发言
敢于发怒
敢于发狠
让时代获得一点光亮
让人间获得一点光明

您就是一个赤子
您就是一位诗人
在杭口的山谷里
向着来自眉山的老师
不断前行

其五,为母亲洗脚

并不只是一个民间传说
为您的人生加分
而是历史的真实
山谷里的真身

一直为母亲洗脚
一直为母亲洗脸
一直为母亲擦身
一天也没有间断

百善孝为先
即使身为大官
忙于服务朝廷
也每天都有
如此之美行
如此的人品

母亲说,儿呵
在你的身上
看见了先秦
儒家的倒影

其六,争论

有人说
我有一个发明
就是不要争论

我说
您是真正的领袖
真正的伟人

因为人民需要安静
国家需要安宁

在近千年之前
一个叫黄鲁直的人
却并不认同
他总是喜欢发言
喜欢不平则鸣

他说苏老师的书法
是大石头下面
压着一只蛤蟆精

然后,像一个小姑娘
笑成了白骨精

而老师却并未生气,他说
你也是一个精于
长蛇挂树的人
而长蛇,就是你的心情

苏门四学士
就这样
进入了中国传统文化
宏伟的大门

其十,修水之名

直到要离开
这一条广阔的山谷
见到一条河流
流向了杭口之城

我们下了车

问了坡下一个砍柴的农人
这条河叫什么名字呢
他说,修河

哦!这就是修水
这就是山谷之名
这就是庭坚之名的由来

一叶扁舟从此出发
进入鄱阳湖
进入万里长江
进入亿年太平洋
终于成就了
一种伟岸的人生

而今天,据说
中国第一大的淡水湖
已经成为
一片草原

几年之前
我去过鄱阳湖
见到了一个星子县

也许那就是您

而不是所谓陶渊明

2023年8月31日
武昌江南云台

在竹塅村十首　选八

其一，陈家老屋

在江西省修水县
居然有一个宁州镇
古名义宁
名气大于县名

我来到这里
是向当代大学者
大历史学家
伟大的诗人
那一片傲骨致敬

他的骨头不在这里
而在珠江畔的中大校园里

一生相伴
一生相守
这校园的宁静
和历代的青春

您不出生于这里
也不生长于这里
山谷最里面的陈家老屋
这宁静的小院
却是您生命的根

陈家的文脉
源自这里
让您成长为参天大树

在中国学术史上
留下了眉毛山的
长眉
和硬骨头之形

其三,幽深的山谷

没有想到
从竹墩村的山口进去
狭谷幽幽

并且太远、太深

我完全没有料到
要走这么远
才到陈家老屋

并且左绕右行
右绕左行
就如我从前在
十四行诗里
所开创的基本路径

并且一直上坡
一直爬楼
一直进谷
让我的头发
也有了一点点晕

看来要到达您的境界
是不容易的了
这就是传统的中国文人
之穷其一生所追求的

其四，高山之高

进入山口之大门

开始只是山峦
列于两岸

而一再上升之后
却发现了
两边的山影

陈家老屋
在山谷的最深处
隐居多年
以至于许多人
不知真相
不识真神

而您的祖墓
却在山谷的最高处
一条柏油马路
盘旋而上
而到此处
虽无前程
却有伟大的前程

两百多年前
从福建迁来
躲避战乱

在病故之后
到此修身

背靠巨椅
面向笔架
如此之高大
如椽的巨笔
可挂于其腰身

家父说
高山出贵人

其五，长条形的老屋

在一座青山的下面
在一片大田的边上
背后的青葱
翠竹如林

这是谁的老屋
五杰中的三杰
并未在此出生

就连您的父亲
陈三立先生

也未必曾经亲临

如果不进门
是看不出大小
和宽广的草坪
而进去之后
则是一个又一个的天井
连通着天上的青云

陈宝箴的祖先
已在此居住多年
不然
当他高中进士之后
为何会有进士墩

一连七代人
都很杰出
一座神秘的陈家老屋
就是一部
近代史上的经典

其六,凤竹堂

到底是坐山为凤
还是向山为凤

始终
我也没有看清

自左到右
三只凤凰
自右到左
又三只凤凰

而中间
则是一间
义学学堂
几十级台阶
逐级而上
显出了一点高深

立在凤竹堂的院内
我真的听见了
凤凰的高叫
他们的叫声已经波及
广大的海洋

其七，竹塅村

从大门口
一直到凤竹堂

也就是我们所见的
楠竹的海洋

一波又一波
涌向了高岗
而至高处
隐居着六只
彩色的凤凰

竹塅村如此广大
却没有几户人家
从前的道路曲折
真的难以想象

一个村民
本来搬了下来
住在了街上
一个月后又搬回去了
住在高高的山上

他说
晚上听不见流水声
就心里发慌
双腿也很紧张

人各有志
各有所习
不可力强
更不可虚妄

其九,开门

同行的门生
不喜欢开门

我说
门生的责任
就是走在前头
开门

一进入这个山谷
就有一位工作人员
在前面引路
把我们让进了
陈家的大门

"衡门"二字
系大门上所题
让我们一看见
就已经动魄惊心

是要衡我们
还是要我们
以此去衡天下之人

门生们走进了
陈家大屋的每一扇门
都用自己的双手
丈量了尺寸

我说
在开门和关门之间
就成就了大学问

其十，文学

什么是学问
什么是真正的学问
什么是大大的学问
从武昌到修水
从修水到武昌
有人一直在提问

一条新闻
已被嘲笑

一个培训
已被讥笑
一篇描述
已被打脸
一个汇报
已被骂人

什么是学问
没有一点功力
没有一点功底
没有一点独立
没有一点反叛
没有一点偏执
没有一点个性
都不是学问

两千多年前
古希腊的先哲们
就这样说

今天的人们
没有真正地认识到
文学和艺术
才是人间至大的学问

今天的竹埂村
也还有一些
长发飘飘的村民
和流水不腐的
山泉之声

2023 年 9 月 1 日
武昌江南云台

在江夏十首 _{选七}

其 一

在千年之前的江夏
我看见
你打着一辆铁的
经过森林
而进入了洞之白云

在千年后的武昌
我听见
你骑上一只黄鹤

飞越长江
而落在了楼上之风声

师之所在之江城
已千山鸟飞来
万水龟长鸣
这就是千里之内
千里之外的胜景

其　　二

十几斤大米
赤裸着很有一点瘦的腰身
飞了几千公里
来到了剑桥的
温暖之炉里

唐家沟里的风声
唐家沟里的雨声
唐家沟里的风雨声

唐家沟里的山声
唐家沟里的水声
唐家沟里的山水声

唐家沟里的光声
唐家沟里的电声
唐家沟里的光电声

今天
将和唐家沟在一起
和唐家沟的禾苗一起
和唐家沟的颗粒一起
和唐家沟的美色一起
共叙人间的友情

其 三

一走上屋外的雄楚大街
没有感知雄楚
只看见大街
看见了滚滚的红尘

来了一辆大车
又来了一辆大车
大车和大车
争相奔跑
以小小的车轮

来了一辆小车

又来了一辆小车
小车和小车
相互挤对
以红肿的眼睛

来了一群女人
又来了一群女人
女人和女人
相互矛盾
以不俗的风情

在滚滚的红尘中
雄楚
已逃得无踪无影

其　四

有的人没有耐心
以自我为中心
就不想
损害自我的宁静

有的人没有耐心
说不到几句话
就不想再听

再说,就要井喷

也许压力太大
也许修为不深
就像那只铁山上的鸡公
天色一阴
就要打鸣

其 八

长江的夏天已过
所以熊大将军不见
鑫培大师不见

只见野芷湖里的水
不再起波澜

哪里还有野芷
只有湖上的大桥
在太阳之下
冒烟

江夏画派
已进入明朝
而七贤堂里

只有家禅

已经如此
也只有如此
墙上挂了一幅地图
特别鲜艳
让多少人
难以入眠

其　　九

在江南云台之上
望向一座名山
有一些苦恼
有一些忧患

从前的书声
没有听见
从前的笔墨
已经晒干

从前的大道
堆满树叶
从前的传统
已经酣眠

怎么没有声音呢
只是在雄楚高架路上
有车影蹒跚

还有一些
雨前的雷电

其 十

今年的夏天
比较忙乱
在不断的游历中
在生命的观照里
收获不断

飞到了大海边
看到了波光
听到了大雁

以及大气
以及荒原

飞到了成都
看见了芙蓉

听到了云帆

以及锅庄
以及龙泉

飞到了南宁
听见了相思
看到了江南
以及江西
以及那悟中坡的气闲

飞回了江汉
感知了夏日
感到了温暖
以及新朋
以及旧雨

夏天与夏天
各不相同
秋天的丰实
已经露出了她
美妙的身段

我追寻秋天
已经多年

也许今朝
也许明晚

在前日的电话中
一个塞上的江南
正在冲上云端

2023年9月5日
武昌江南云台

在武昌十首 选八

其一

在东湖和南湖之间
洪山
正挥起双臂
划动时代的波澜
掀起历史的风雨
奋勇向前

有水曰江

有山曰洪
大洪山的余脉
并不是
大别山的尾巴
一块一块头骨
耸立在两大湖面前

左旋右旋
东绕西绕
总是不能脱离
格律和语言的烦恼

但也因此
而文采斐然

洪山
背负着中华的历史
探索着民族的命运
正在挥动着
有力的双臂
发出一声声呐喊

其 二

谁说武昌不是中心

天下之中
并不在汝南
也不在伊犁
而在因武而昌的
武昌城

一百多万大学生
在此迎接
每一天的早晨
每一天的黄昏

他们日夜攻读
所有的科学书本
所有的文化经典

他们以自己的意志
迎接来自东方的
巨大无比的光明

一百多万大学生
走在武昌的大街小巷
走在光谷的海洋和森林

把诗词乃至文艺
写入了自己

亮丽的青春

其 三

数十所大学
分布在长江的水边
和江岸的山林
以及辽阔的平原

老先生们
以多年的功力
击穿了蛇山
为后来者走出了一条
宽广的道路

青少年们
用自己的作品
引起了一阵又一阵的
高声喝彩
也证明了自己
卓越的才情

传统
在这里得到发扬
遗产

在这里得到继承

新体
在这里得到开创
旧体
在这里得到新生

昨天
在桂花台上
立起了一块巨大的石头

上面的文字
将 120 年的历史和记忆
进行了诗意复原
和艺术彩喷

桂子山
终于有了一个文化的标志
东湖和南湖
正在合鸣

其　　五

胸怀小了
什么都装不下

甚至一句话
甚至一件事
甚至一个眼神
甚至一个脸色

更不要说
蓝色的地球之大

眼界小了
什么都放不下
甚至一颗石子
甚至一块木头
甚至一棵小草
甚至一片树叶

更不要说
黄色的沙漠之大

小里小气
有的人一生
就如池塘中
那一只癞蛤蟆

其　　六

你说

有人一直将你打压
我从来就没有发现
有这样的事件发生
从一个动作
到一个评价

而压力
恐怕来自
你的胆小和害怕
内心过于脆弱
情感过于敏感

所以
总是杯弓蛇影

坚强一些
就像大石头下面
压着的那一只青蛙

其　　八

之所以
把我的几本小书
奉上
并非为了请教

而是为了
子孙后代的成长
和阳光

我的小书
本来很小
但意义重大
就像地球上的许多角落
如果阴气森森
就需要有许多
燃烧的火把

积累了十二年的东西
一并送给你们
并期待你们
以一生的努力
回答

其　　九

对一切
都是平等而视
都是平和而待
都是平衡而观
这就是协和天下

十年以前
一个书香人家的读书人
对我的评价
至今仍然在
闪烁光华

人生一世
不在于名利
不在于富贵
不在于金钱

而在于
一口气
一片骨
一朵硕大无比的
小红花

其 十

什么是立场
立场就是一种态度
立场就是一个方向
立场就是一个标准
立场就是一种光芒

什么是是非
是其所是
非其所非
是非其是非
非是其非是

一个人
如果没有是非
就像一只哈巴狗
钻进了垃圾堆

2023 年 9 月 2 日
2023 年 9 月 5 日修订
武昌江南云台

在嘉鱼十首 选八

其 二

上个月
有几位诗人心血来潮

来到了洪湖的岸边
寻找一个乌林
想看看曹孟德的狼狈相
和云长的义薄云天

我们在长江边
跑了好几趟
也不见曹孟德的影子
和关羽的大刀

我说
一千五百年前的事
千万不可当真

突然
一座大桥飞了过来
进入了我的眼睛

我在疼痛中
喊了一声
嘉鱼长江大桥
就这样
连通了大江边的乌林
和他那千千万万的子孙

其 三

在洪湖青瓦坊书院
一棵紫薇
花开得正盛

我们在树下
走了几圈
恭喜诗人远方
走了桃花运

时间已过去一个月
不知桃花
已开过几回风雨

也不知那棵紫薇
是否穿过了
乌云上的小溪

其 四

邹幺爷已多时
不住黄荆屋基
据说,他整天躲进后湾

总在空调房中
起居，居起

十只秋老虎
正在门外
走来走去
待邹幺爷一出来
就会扑将上去

我说秋老虎
你要知天高地厚
不可傲慢无礼
不然的话
你就永远不要出现在
我的门口

已近八十岁的邹幺爷
也喜欢生活在
城市的一小块边地

其　　五

嘉鱼的名声
大如火炬
如日中天

照亮了长江的北岸
和黄河的湿地

总喜欢和江少川教授
走在一起
听说一条嘉鱼的身体
已经被烧得很香很香

我说江老
我们得赶紧
不然两姐妹早到了
我们这一老一少的
只能喝一口空气

他说
也不着急

其　　六

武昌空寂
洪山空寂
桂子山上
也没有什么声息

太阳空寂

月亮空寂
江南云台上
又飞来了云霓

我正在好奇
我还在怀疑
原来是我的大门
已经关闭

我一打开大门
十一楼的电梯
正在闪亮
正在等候着
我的巡礼

其　　八

在嘉鱼的背上
我望向了长江
穿过了三峡的猿声
看见了天下穹窿山下
黄荆屋基

在清溪河边的小城
一个毛头小伙子

正在用双眼
探索未来的乌云
和地上的路程

三千多本书
他都要阅读
并且要吃透
内蕴的精神
和背后的身影

我说邹越贤侄
也不用如此用力
以你的学识
只要几个小步
就可以登上
小哲学山的头顶

其 九

如果说
黄荆屋基是一处胜景
那十公里之外的五皇庙
就是它的大门

大庭之下有广众

广众之前有大庭
右有笔架岩
左有青龙垭
几只天鹅
正在门上
不断地飞腾

小的时候
一百多只白鹤
在黄荆屋前
飞来飞去
并且不怕电闪
不怕雷鸣

不怕从成都飞过来的
几片风云

原来如此
大峨眉山
小峨眉山
二峨眉山
三峨眉山
都是黄荆的故人

其　　十

昨夜
我吃了几口稀饭
就想起了唐家沟
就想起了千年以来的
刀光剑影

和平的年代
生活的宁静
舒适的居所
美丽的山川
在我的人生中
已是至美
和至尊

然而王有余
然而唐希元
然而王松武
然而唐式遵

今天上午
和冷国文先生
讲了一些事情

他说
我虽然姓冷
但国家的事
文学的事
山川的事
也正是我的责任

吴老表
生于斯
长于斯
成于斯
而且会眠于斯

他总是以自己的双脚
丈量着
大俩母山那
伟岸的青春
旷古的神圣

一个神话
于此诞生

2023年9月7日
武昌江南云台

在武当山十首 选五

其 一

来到武当山的脚下
一看就有一些害怕
如此多的老人
如此多的才俊
排队等候
想要去天涯

海角不想去吗
海角在南海之南
那几块石头
就像几只小小的青蛙

威武的武当
不是天涯
也不是海角

不练就一身武当功

怎可一招
就摘下一朵喇叭花

武当山的武当功
可以打遍天下

其 二

去年 12 月
你就西行
走了大半年
还在这个山顶上
流泪至今

今天
我来到这里观礼
看到的都是
你的身影
和你的声音

叶落归根
这是你的宿愿
然而广东太远
武昌很近

魂归故里
才使您的精神
和等身的著作
不至于消散而无形

其　　八

有一个叫云的人
又要离开
生他养他的地方
要到远方去旅行
甚至生存

是一种身份
也是一个使命
赚钱是一种方式
也是一个过程

让人民的生活
更加安宁
让我们的社会
更加稳定

还是不要走吧

这脚下的热土
这山间的冷风
都发出了
热情的邀请

其　　九

站在武当山的金顶
我看见到处都是黄金
东方是黄金
西方是黄金
北方是黄金
南方是黄金

而在山下
到处都是物流
到处都是人欲
到处都是虚伪
到处都是斗争

怪不得如此
原来黄金
也喜欢高处
更喜欢安静

还喜欢高山之上
流动的白云

其 十

山下的一切
都不确定

有一股风
到处扑腾
折腾了闹市
又去折腾乡邻

吵醒了东舍
又去惊扰西邻
吹动了山坡
又去亲吻海滨

风来风去
风上风下
风言风语
已入风尘

只有山上的事情
和天上的事情

2023 年 9 月 8 日
武昌江南云台

2023 年教师节十首 _{选九}

其 一

今天是一个隆重的节日
问候来自四面八方
五湖四海

问候
来自一颗颗美丽的
灵魂

我一生追求
至善
至美

至真

而你们与我同行
就像天下穹窿的周围
几千个山头
要以俩母双峰为尊

其 二

在前天
我心情不好
环境不好
压力太大
可能批评过你们

而今天
我心情很好
环境很好
压力很小
就要赞美你们

我要向你们致歉
给你们写诗
让所有的人都轻装前行

每一个人
都有自己的道路
顺势而为
逆势而升
人生的幸福和美满
就在如今

其　　三

我是一名教师
没有权力
没有势力
没有资本

不能给你们高官
也不能给你们厚禄
更不能福及
你们的子孙

但我有黄荆屋基
我有平安村
我有双土地
我有越溪镇

我有仁寿的胸怀

我有威远的名声

我还有内江和外江
还有四条大河
还有四姑娘山
还有一江的金沙
和一山的昆仑

今天
都送给你们
天下的才俊

其　　四

有一天
在中南民族大学
见到一位教师
已有五十余岁
还没有成精

我说，在珞珈山上
有一位老师
已经九十余岁
走路不便
吃饭不便

喝茶不便
喝酒不便

他说
不是我不管
是我有所不便
有所不能
更是有所不安

有什么不安呢
太阳和月亮
还是在运转
并且
转尽了人世上
所有的悲欢

其　　五

教师拿着粉笔
但不是粉笔
教师拿着话筒
但不是话筒

教师是天底下
最善良的人

并且把善良
传给所有进过教室的
后人

教师是天底下
最真实的人
容不下他人的虚假
和神经

教师
一个萝卜一个坑
站在自己的位置上
就是黎明
就是黄昏

黄昏和黎明
月亮和太阳
高山和长河
还有天上的北极星

其　　六

在中国
教师是社会的中坚
是时代的风雨

是民族的灵魂

工资不高
待遇还行
把所有的时间和精力
把所有的白天和夜晚
都献给了
自己所有的门生

不是血脉的延续
而是历史的传承
精神的流水
自古流到了今

不要瞧不起教师
师者为尊

其　　八

你上好了一门课
就让人尊敬
并且有雷鸣般的掌声

你上好了一门课
就让人亲近

甚至是价值千金

上课是教师的职责
也是教师的本分
值得我们
倾注短短的一生

神圣的大学课堂
让整个中国
整个人类
整个地球
都感到了光明

让所有的人
都睁开了眼睛
张开了嘴唇
流动着伟大的思想
和美好的感情

其　　九

一个教师
没有必要写什么论文
讲好每一堂课
讲好每一门课

就尽了自己的责任

教师的论文
就是自己的学生
就是世界上
光闪闪的白银和黄金

论文，可有可无
有，可以奖励
无，也不要紧

就像一条大河上
不必有火车开行

其　　十

在江南云台上
躺上一张竹椅
回忆着历史
想象着古今
高山和大河
在天地运行

南湖十九载
桂子二十一载

一载一载的
都是风雨
都是日月
都是花鸟
都是风云

当年，我在川大中文系
毕业的时候
家父要我回内江
当一名公务员
并说会大有前程

我没有回去
而一直走了出来
顺着长江三峡
到了黄鹤楼下

看江汉之阔大
观荆楚之纵横
听李白之玉笛
闻落英之缤纷

我不善于周旋
不善于谋划

也不善于度己
更不善于度人

并且容易让人误解
容易让人生气
容易走入死角
就像一头老黄牛
钻进了树的深根

我怀念那些过世的老师
小学老师,初中老师
高中老师,大学老师
还有研究生时代的
一代师尊

我感谢所有的老师
给我讲过一节课
讲过一门课的老师

即使一场讲座
即使一段话
即使一个词语
也让人受益终身

滴水之恩

当涌泉相报

我自信是一片大海
一座平平的山丘
一片广阔的平原

更是一个
语言的小小车轮

2023 年 9 月 10 日
武昌江南云台

在黄鹤楼六首

其 一

在彭厨的二楼
有一只黄鹤
一飞
就飞进了
南方的长江
北方的黄河

我游进了北方的黄河
却想念着南方的长江
以及长江边上的彭厨

一大片油菜花
开放了
清清的芳香

一位大别山的女子
开着闪光的奔驰
以热情和温婉
照亮了黄鹤楼边上的
东方长江

其 二

昨天
我看了一眼
王阳明的山洞
和他的哲学思想
发现了地理
与他情感的对撞

之后

他要格物
他要致知
他要与天地合一
成为一只莽撞的……

今天
我看见白阳明
已经恢复了正常
她生病有年
忧郁爬进了她的思想

强大的自我
支撑起了一条
由美国诗人梭罗
所感悟的大湖和大江

其　　三

二十几个学人
登上了黄鹤楼的高处
又骑到了黄鹤的
长条形的羽毛上

他们一前一后
他们一左一右

畅游在光明的太平洋

大西洋太远了
并且没有缘分
也没有梦幻和疯狂

桂子山上的桂花树
高大广博,奇香无比
才是他们精神的故乡

抛弃雕虫
抛弃小技
抛弃阴谋
抛弃唯唯诺诺
抛弃阴阴阳阳

光明无比的太平洋
环绕在
他们博雅而刚毅的精神上

其 四

今天
王忠祥教授的声音
又回响在黄鹤楼上

他说，一杯白酒
一杯红酒，就可以
让我产生少有的遗忘

王老，您走得匆忙
但据说也十分安详
今天，展示的是我的
四幅大字，以三种颜色
记录了一个学生
对您一生的敬仰
和一小点轻唱

人生就是如此
人世就是如此
人类就是如此

一个小三十岁
愚钝的学生
也和您一样看清了
夏天的火热
和冬日的冰凉

字写得很乱
书法也算不上

只是一种记忆
在纸张上流淌

其　　五

我们点了二十个菜
有的是大菜
有的是小菜
有的是不大不小的菜

美味既是形式
美味也是立场
吃或不吃
吃多或吃少
都有道的存在
也有道的消亡

明道，寻道
宏道，宗道
原道，守道

一切都有定数
一切都在转换
不会成为过往

其 六

昨天,和一位小说家
走下桂子山
进入了苍茫的夜

我们聊天、聊地
也聊到了今天
和人生的长江

短短的三十分钟
走过了人类的历史
和人生的四面
和人性的八方

几十年的友谊
在雄楚大道高架下
隐居
并在记忆的隧道中
不断地发光

2023 年 9 月 10 日
武昌江南云台

在雄楚十首 选九

其 一

在雄楚国际大酒店
您举起小小的酒杯
就像一位战士
举起了一轮朝阳
照亮了当代
中国的诗坛
和几代人的热情

您并不显老
虽然已有九十二岁
您刚换了牙齿
满口纯白纯白的
就像含着
天上的北斗七星
东南的大海和森林

其　　三

一群痴情于诗的人
在桂子山上
干了七个年头
没日没夜地
终于找到了五千万字
垒起了一座
诗的长城

今天上午
一群中国现当代文学界的
一流学者
看到七年的心血
发出了由衷的赞叹
鼓起一阵阵掌声

七年辛苦不寻常
关于中国新诗的传播
和中国新诗的接受
以前倾的姿势
走出了一条新的河流
和新的体型

其　　四

被淹没在历史的长河中
一本一本的诗集
一本一本的诗刊
一首一首的诗作
已经多年不见了身影

几十个人
用七年的时间
打着电筒
打起火把
进入一个又一个黑洞
把他们找到
并请了出来

并不只是史料
而是一个又一个
亮丽无比的青春
和无比温暖的灵魂

其　　五

在桂子山科学会堂

两百多位诗人
并没有讨论什么科学
而是在分享经验
和对于诗的认知
以及人类的智慧
还有秀美的心灵

和追寻诗人的人一起
在疫情之后
第一次大规模地
聚集在桂子山上
享受桂花的气息
和荆楚文脉的博大精深

这么多的人在研究新诗
让我这个早年的诗评者
汗颜不已
把我这个诗的爱好者
吓得不轻

其　　六

桂子山上最后一个
浪漫主义者
离开我们已有十年

就如一只高傲的白天鹅
飞向了远天
成为一道道金光

可是在科学会堂
还回荡着他的演讲
还有他深情的歌唱

叫我如何不想他
桂子山就是他的福地
也是他一生中唯一的念想

王泽龙深情地说
黄老师他就在我们中间
所有的人
都在四处张望

其 七

并不是最后一个
浪漫主义者
在桂子山上
一个又一个杰出的诗人
走在了自我的诗句之上

今天
当诗人们从远方
来到诗意的桂子上
就感到了美的强大力量

张执浩,剑男
段维,江少川
还有曾巍和郭庆
还有今年六十的我
都还如少年时候
一样地歌唱

浪漫主义
不可或缺,更不可遗忘
浪漫主义
正是一种伟岸的人生
和至美的力量

其　　八

余仲廉
不知从什么地方
背来了一块长条形巨石
放在了桂花台上

轻盈的桂花
一朵一朵地
爬了上去

书写桂子山的历史
呈现桂子山的光芒

我说余兄
还是您有眼光
也有力量
少男少女的双眼
正在扫描它深厚的内涵

还有段维兄的
那一段段华章

其 九

什么是权威
每一个人都有
不同的理解
和不同的感想

权威是历史形成的
并不是自我的膨胀

我们每一个人
都很低调

就像桐树沟里的水
不见了美丽
和柔和的波光

其　　十

在文学院的北楼
每一层的窗户
似乎都在飞翔

对于诗的追求
所产生的秋风
让我们涌起了
许多许多的想象
和大海的苍茫

让我们想象南方
在桂子和南湖之间
雄楚国际大酒店
正在飘起的红妆
舞动的青春之光

人生易老天难老
六十春秋叶正黄
文学和诗歌
让多少人夜不能寐
但并不觉得秋凉

只要有一支笔
就可以
把天地之间的生命
敲响

美丽和芬芳
和谐与典雅
古老又现代
正在播向
四面和八方

浪漫主义的一代诗人
以自己的作品
已把地球的东方一半
照得透亮

2023 年 9 月 17 日
武昌江南云台

在国际论坛十首 选八

其 二

风清气正
气正风清
当我回到现当代文学
就看到了一些
已经老去的身影

陆耀东先生
黄曼君先生
易竹贤先生
孙党伯先生

真正的大师
真正的君子
我们的先贤

胡适之先生
陈独秀先生

鲁迅先生
陈寅恪先生

真正的大家
真正的名师

君子之风
流动了一百年
流动在桂子山的空间
和桂子山的时间

让满山遍野的桂花树
更加浪漫，更加温馨

其　　三

我的兄长
走上本来不高的讲台
却显得很高
并且很壮

他一开口就风起云涌
他一睁眼就风生水起
他一提脚就地动山摇
他一抬头就满天星星

我说兄长
动静不能太大
不然就会让许多人
想起刀郎出生的罗泉井
和1910年的风与云

其　　四

你们一个又一个
走上了科学会堂
大珠小珠
落在玉盘上
让我这个行外人
看到了一片热闹的汪洋

不得不承认
你们已看得很细很细
探得很深很深
可以听见
历史的风雨
和时代的风云

还有一颗一颗
跳动的人心

只是零碎了一些
只是不连贯一些
只是狭小了一些
就像一个个农夫
钻进了一条蛇的
一块一块鱼鳞里

在一百多年之后
再来回顾那一段历史
探析那一些作品
把握那一些诗人

还得爬上喜马拉雅山
拿起望远镜
那是东瀛
那是北冥

其　　五

两百多个喜欢诗的人
在雄楚国际大酒店里
入睡而又惊醒
入睡而又惊醒

他们一会儿上山
一会儿下山
一会儿出南大门
一会儿进南大门

为了寻找到一句诗
为了寻找到一个词
为了寻找到一首曲
为了寻找到一段律

他们,可以不吃饭
他们,可以不喝茶
但不能不饮酒
酒和诗
已进入一个又一个诗人
那孤独的灵魂

其 七

有一条小川
流入了大河
流入了长江
就更加快乐

他也有痛苦

他也有忧伤
他也有迷茫
他也有劳累

一直在思考
一直在发言
一直在骂人
一直在批判

在他的心里
燃烧着一盆火

小川
快言快语
直来直去
跳上跳下
就像长江三峡里
一道长长的光波

其　　八

两位九十多岁的老人
相拥在扬州的高铁站
让我们看到了
中国诗坛的

中坚和圣贤

几十年的友情
几十年的关爱
几十年的兄弟
几十年的想念

他们这一拥抱
掀起了太平洋里的
台风和波澜

还有东方大地上
数百条流动的
巨川

其　　九

一百多年了
自由体新诗
在中国文坛上
汇成了一条巨流
在九州的大地上
不停地颤抖

气势浩大

气象纵横
气脉万千
让我们见证了
中华民族的生生不息
中国文学的百代千秋

自由体告别了格律
告别了平仄
告别了文言

告别了一小块一小块的菜地
和一小片一小片的花园

中国新诗
走向了大湖
走向了大河
走进了大江
走进了大洋

用自己的双臂
拥抱了太阳和月球
还有高天上的牛郎
和织女的衣袖

其 十

九月的桂花
被一群诗人
疯狂地带到了扬州

让扬州的烟花
见证了
百年桂子山的风姿绰约
浪漫和风流

2023 年 9 月 18 日
武昌江南云台

在唐家墩十首　选七

其 二

在巴东的东部
在野三关的西边
一群小地方的人

和大地方的人发生争吵

那个五大三粗的男子
破口大骂
他说
我就瞧不起你们这些
大地方的人

我说
大地方的人是人
小地方的人也是人
你因为一句不动听的话
就堵塞交通和大道
你不是小地方的人吗

小里小气
小肚鸡肠
小家巴什
为一点点小事
就扯皮拉筋一年半载
你还有脸站在那里
讲话吗

在我的劝说下
他终于让了路

并逃进了一个小小的
小小的黑洞里

其　　五

一个六十岁的"小伙子"
已失踪三天
而不知所之

给人以许多想象
以为他被少女
所纠缠
以为他已经
卧床不起

今天，有人宣布
他丢失了手机
而手机已进入
另外一个世界

我相信有一个平行世界
与我们并存
就如在高天之上
有不同的星系

你我同学四年
又同喝一江之水
不要想在六十岁上
创造一个什么
惊天而动地

其　　六

人在过世之后
有无灵魂
我说是有的

不然的话
窗外的风怎么会响
天上的雨怎么会下
江上还有
那五彩的云霓

一只蝙蝠
不知逃到了何方
在我的追赶下
失去了记忆

不只是针对你
我不能与丑类为伍

我不能与恶的动物
共享一间屋宇

今天
两年不亮的落地灯
忽然亮了
让我回到了另一个天地

其　　七

在汉口唐家墩
我与一屋子的红木
行走在一起

我说
红木呵红木
你在哪里出生
又在哪里被砍
而今天，仍然生活得
高贵富丽

一块一块红木
聚集在我的身边
偷偷地哭泣

并且哭得一塌糊涂

千家万户的红木
都张开了手臂
呼吸着热带的风雨

其　　八

十只秋老虎
来到了我的小区
已经九天
都不愿离去

我说秋老虎呵
你不能生气
我上次劝告你
是为了让我的叔叔
生活得更加如意

已经九月二十日
还不归去
难道要等到桂子山上的桂花
落满了秋天
和秋天的大地

不要认为我很仁慈
也不要认为我宽厚
再宽厚的大地
也可能生气

到那时候
不知你如何逃避

其　　九

八十二岁的江少川教授
今天早上，手挽着桂花
朝着阔大而平静的东湖
走去

我说江老
那是东方的山林
在春江中流着花月
在月夜里醉看春江
是大唐的美丽

他说，是的
没有桂花树
哪有少年的川江

和一世的传奇

其 十

一个美国女作家
回到了桂子山上
望着几排高大无比的
香樟树,流泪不已

她说我不是伟岸的香樟
也不是飘絮的梧桐
我只是梧桐里的一滴雨
香樟上的一片云

桂子山上,名师如林
一代又一代的学者
走过了风雨兼程
走过了风和日丽
走过了海山苍苍
走进了浪漫主义

九十三岁的老父
在清江人家的 888 号房
让所有的人

笑得如星系般灿烂

2023年9月19日
武昌江南云台

在洪山六首

其一

洪山宝塔
已有七百多岁
在他的耳朵里
是来自四面的
长风

有冬天的雪风
有夏天的荷风
有秋天的谷风
有春天的樱风

也有金色的风

也有土色的风
也有水色的风
也有火色的风
还有木色的风

怪不得
一来到洪山
我就声如洪钟

其 二

有一种紫红蔬菜
叫洪山菜薹
七百年了,不断地生长
生长在荆楚游子们的
梦中

去年
我冒着风雪
进入宝通禅寺
一群红衣少女
隐藏在火红的
炉中

一根又一根的菜薹

立于那一块热土
亭亭玉立的身姿
让天下所有的人
都无比惊耸

还可以吃了她们吗
我已经无地自容

其 三

据说
有人用专机
把她们的身体
往北方运送
实在是让人悲痛

就像把自己的女儿
以残酷无情的手段
面朝南方
而丢进了冰冷的
宫中

其 四

东山之石

就在洪山的东边
不怕天寒
不怕地冻

已有千年万载
万载千年
如一棵棵苍松

也许所有的人
都失去了记忆
而这些来自大别山上
精灵中的精灵
却永远面朝珞珈
吐出一阵阵
长风

破浪
不会有时
云帆
相济沧海
让我这个前世的僧人
有一点骨头痛

其 五

月前到贵阳

也有一些疼痛
一个旧友
二十年前就已经
离开了一点一点
变动的时钟

胡鸿延先生
梦中的哲人
三十多封书信
二十多幅书法
还在我的书房中
时不时地飞动

虽然一生都是讲师
但他以讲而为师
以师而去讲
已令天下所有的人
动容

我与您从未谋面
更没有什么利益勾连
却心有戚戚
而鸿雁往返十多年

君子之交淡如水

水流入了花溪
流入了黄果树大瀑布
旁边的彩虹

其 六

洪山之洪
就在心中
洪山之山
就在水中

我在这里已四十年
四十年的光明
四十年的生动
四十年的飞鸟
四十年的长蛇舞动
四十年的神龟之静
四十年的黄鹤之风

山舞长蛇
水起白云
一条大江东去
一片平原丰饶
在我的身上
还有九十九座山峰

和九十九条笔锋

2023 年 9 月 20 日
武昌江南云台

在九峰十二首 选九

其 一

您离开桂子山
已有三个多月
然而,您的声音
仍在我的耳边
响个不停

在生前,您多次
要我证明
一生都没有整过人

我说,以您的善良
以您的律己
我可以充分地证明

外国文学的一代宗师
也是中国易卜生研究的
核心和灵魂

易卜生主义
在您一生的论述里
已经具体、形象和充盈

您总说自己是一个茗
这本是武汉人的谦称
您以自己的一生
证明了什么才是
广阔的气象
至真的人生

其 二

没有能回到老家
湖南仍很遥远
而九峰却很近
您以自己的一生
证明了武汉的浪漫
和桂子山深厚的人文

您从来不说

一句假话
也从来不说
他人的毛病

您的许多话
都是经典
在桂子山内外
不断地流传

故事很多
但都很美、很真
您的出现，让许多虚伪
丑恶、庸俗和功利之徒
现出了原形

没有上好课
就不吃饭
让我们这些后辈
努力地前行

微观、中观和宏观
是您对学术研究的
三个划分
在潜山之下
月亮湾之畔

您发出了自己的声音

今天,仍然有月亮
伴随您伟岸的身影

其 四

已经十年了
没有了您的声音
没有了您的舞姿
也没有见到
有一个湖南
南部的"野蛮人"

这是您的自嘲
也是您的自信
更是您湖南人身上
那一种霸蛮的精神

您评尼采的长文
写了一年半
珞珈山的白雾
进入了
您的眼睛

您到全国各地图书馆
调研新诗诗集及诗论
三百多种手抄本
让多少学者
惭愧无地

您讲话轻声细语
却掷地有声
让四教的保洁
误以为是校长
已经大驾光临

十年了
十年的木
十年的树
已长成了一大片
高大的森林

其　　五

胡适是不是
一个诗人
估计还存在争论

您认为算不上

我以为算得上
于是在师生之间
发生了一场
小小的争论

您是一代文学大家
以研究鲁迅而闻名
在您的身上
真的有一股
鲁迅身上
那种硬骨头精神

您以曾文正公而自傲
也以自己的一本传记
而开创了
中国传记写作的新境界

胡适是一位大师
而您一直与他同行
有时简直分不清
你们所穿戴的是长袖
还是围巾

其　　六

您见到我就笑

不停地笑
但一直没有出声

您研究郭沫若
也研究闻一多
但您还是您
而不是他人

在您那一辈人中
您最长寿
并且快乐和幸福

就像珞珈山上的大树
在东湖的水波上
留下了广阔的波纹

其　　七

您来自广东梅州
一个煤矿工人家庭
却长得很白
并且很文、很文

出身穷苦
却并不穷困
您一回到老家

就派出了利市
让所有的村民
像过年一样高兴

您过于勤奋
但不懂计算机
更不会什么输入法
六十多本书
不知是如何写成的

您也许不觉得苦
只是暂居江夏
比起早年的动荡
这已经很温馨

当您叶落归根
回归故里的时候
那大水塘里的鱼
会跃上无比高大的
一座龙门

其 十

你来自重庆
西南大学的一栋楼上
仍然有光

仍然有你早年的声气

你是师长辈
在中国比较文学研究方面
你走在了前面
经历了风雨
也拥有了声誉

你很低调
在做学术发言的时候
从不趾高气扬
总是侧着脸
双眼看着脚下的土地

你是老龙的朋友
相会于珞珈山
却又相聚于
九峰那连绵不断的
阴雨里

你和老龙又唱起了
刀郎的《罗刹海市》
还有《花妖》，还有《颠倒歌》
时不时地还飘出
酒的香气

其 十 一

三十五年以前
你倒在了首都
《红旗》杂志地下招待所里
把所有的人惊醒
似乎已经过去了一个世纪

四川大学中文系
高材生以自己的才气
吸引了女性的注意
但你从不在意
在贵州省社科院文学所
编诗、写诗,发现诗意

你以四十二岁的年龄
创造了一个奇迹
让大足的石刻
改写了千古的记忆

今天,当我来到贵阳
而你却去了西域
没有了任何的消息

三十五年了

你走得太匆匆
还没有来得及
写下一部诗选的
后记

妻子到了南开
女儿还在贵阳
一家大小
因为你的过世
而早已分离

天下没有
不散的筵席
而你的座位
仍然在中国诗坛的
正西

其 十 二

2016 年
你倒在了从青海湖
到敦煌的路中间
让妻子和女儿
不断地哭泣

前后十三年

没有发生过误会
也没有产生过争执
我们之间有着
广阔的同情
和深厚的友谊

有的只是理解
有的只是和气
有的只是赞赏
有的只是笑意

还有一些笑话
关于女妖
关于阴险
关于刀郎笔下的马户
和他那一头灰色的驴

你勤勤恳恳
你任劳任怨
你特别认真
你相当努力
获得了老老少少的
欣赏和赞誉

然而天公不公

天不假年
让我们这一辈人
感到无比心酸
感到了更多无奈
感到一生痛惜

长江之上的一片云
桂子山上的一棵树
南湖之上的一季雨
学生们心中的
一部交响曲

2023年9月23日
武昌江南云台

在江汉十首 选八

其 一

有一位强壮的老人
在八十六岁这一年
离开了我们

回到了自己的故乡
隐居在青龙咀上

他一生勤奋
他一生辛劳
他一生节俭
他一生强大

以至于可以和俩母仙山
拥有同样的能量
和同样的面相

有人说您少年时代
曾经是袍哥的一员
您也没有否认
以义薄云天之关羽
为自己的精神偶像
几十年之后
也是有与他一样的光芒

七年了
您在高远的青龙咀里
是否安康
我因一直没有梦见过您
而感到慌张

还有一点点凄凉

有人说
这正表明了您的安稳
有了正常的生活
和对于真善美的向往

您走后的第一年
和您同一天生日的孙女
在电话中说
昨夜梦见了您的转世
并看见了您
一如既往的火光

我想是的
以您一生的行善
一世的积德
八十六年的热爱故乡
八十六年的关心民生
八十六年的关爱亲友
您早已是那一缕
俩母山无边无际的天光

其 二

您出生于资中

一个偏远的乡下
却有志求学于中国第一学府

北京大学的未名湖畔
也留下了您的诗章
以及您的眼光

那里有一座高塔
但上面没有文字
只有一些不认识的符号
像几只鸟儿
飞下又飞上

中央民族大学毕业
不知为什么
来到了十万大山
广西的一条江上

因为几句什么话
而被抓,打成了"反革命"
差一点丢失了身体
以及烁烁的思想之光

中南民院的二十年
特别用心于女书

世界上唯一的
女性专用文字
并以此古老的符号
让世界认识到了
中国女性的智慧
中国女性的忧伤
中国女性的心结
中国女性的手掌

您走得很匆忙
留下了许多手稿
留下了许多遗憾
留下了许许多多
学术话语
和少有的强大磁场

您过世的时候
只有我和李庆福
去了武昌殡仪馆
与您告别
一代杰出学者的晚年
也不免过于凄凉

人类也是动物
有时还不如动物

讲究礼仪和仁孝
伟大的孔子
早已这样讲
然而在今日的人间
已经被淡忘

可怜的人类
我在宇宙星空
向下面观望
而泪已如
那流动的长江

其 三

您在什么时候过世的
并不确切地知道
只知您活过了七十
并回到了蓬溪
那一个遥远的故乡

您一生研究新诗
并对新月派诗人
特别推崇和赞赏

徐志摩,是您的心爱

并在川大的课堂讲授
人间的四月天
以一缕灿烂的星光
掀起了巨大的声浪

您的文笔很好
语言特别漂亮
就像一只白鹤
飞在锦江的白云之上

有根有据
有滋有味
有声有色
有形有状
您的每一次鼓励
都催生出
强大的力量

我之所以写诗
之所以评诗
之所以研究诗
是因为早年有一位导师
和对于诗的执着、热爱
以及奇怪无比的想象

有一天，我走进荷花池
忽然发现了一辆自行车
还飞驰在梧桐树之下
那一条林荫大道之上

其　　五

那年我不到十五岁
来到了清溪河边
那一座长条形山上

五四楼，五五楼
成为这个
著名一中的栋梁

早出晚归
晚归早出
都不得耽误
您以自己的坚忍
让我们所有的人
积极向上地生长

只要早操铃一响
您就会出现在
我的眼前和心上

立即起床，立即跑出
刮风下雨，下雨刮风
都是一个模样

两个年头，从不间断
如一位年迈的父亲
走在了青春的前面
走在了威远中学
高大的荣誉榜上

不到六十
头发就已花白
在清溪的河床上
不断地流淌

有一年，您独自
跨越了七十公里
来到黄荆屋基家访

不知您是如何过来的
从越溪到唐家沟
一路上都是田坎和水塘
还有野狗
还有黄鼠狼

几十年了
没有再见到您
听人说
您早已大行西去
生活在另一个平行空间
穿越在庞大无比的
昆仑之上

其　　六

您是威远中学
最优秀的历史老师
也是天底下
最善良的父亲
和所有少年的诗经

您讲中国历史的时候
不看讲义
您讲世界历史
不看课本

所有的历史知识
倒背如流
所有的历史线索
也都一笔画清

王老师是您的夫人
也是您的灵魂
她一生勤劳
也一世芳芬

川大历史系
是您的骄傲
大师徐中舒和缪钺
是您的师尊

在您生前
未能回报
只有来世
再报师恩

清溪河里的水
绕流婆城
白塔山的顶上
有亿载的明月一轮

其 七

您是那样清瘦
却很有精神

您是那样讲究
一身西装笔挺

您说话不多
却很精到
您住在城里
却准时来临

刘老师的地理课
中国一流
然而您从来都
不求什么名声

我今天的研究
对文学地理特别钟情
就是来自您那
和颜悦色的眼神

天地之间的
一个美男子
少年时代的
一代文神

在威远中学
应有一座高大的雕像

在一轮朝阳的下面
闪闪发光

其　　八

今年夏天
我来到了从前的初中
却没有见到
那一个熟悉的身影

学生们深感惊奇
说一代诗人和学者
却出自这个山脚下
高顶寨的对门
门外是一大片
芳香的清水

出门看见什么
就会成为什么
这就是古老的风水
隐喻，也就是象征

只一年时间
十多位名师
——授课

铸就了我敏感
而丰富的心灵

老师们都已不在
而我们也已经
心宽体胖,成为
狮子岩上的风景

其 十

虽然说话不多
却很有见解
就如你那颗硕大的头颅
和一双圆圆的眼睛

不知是因为什么
两口子都要出家
在五台山下的一座小庙
隐去了旧有的身份

刚过了一年
又要离去
这次却是真的
很快就遁入了空门

在高高的青藏
哪里能适应
突然有一天
您终于以庞大的身躯
倒在了一扇柴门内

而您倒是明白
人世的复杂
人性的曲折
要同在的行者
不要告诉任何人

人生如此短暂
却也悲壮和亮丽

您的一本专著
还立在江南之上
北方的壮士
请慢慢地西行

2023 年 9 月 24 日
武昌江南云台

在秋天的双峰上十首 选九

其 一

你说已经秋分
但我没有看见
秋天的身影
也没有听见
秋风的声音

窗外,一阵又一阵
不是秋风
而是夏日的热浪
和冬天所发起的
一场战争

其 二

我一直在寻找秋天
从南寻到北
从东寻到西

一直都不见
已经万年的秋分

春和夏
秋和冬
冬和春
夏和秋
在双峰的上头
发生了共鸣

他们一直在地球的表面
周而复始
也一直在我的眼里
就如山中流水的声音

人类,要珍惜秋天
正如要珍视我们
每一个人
短而又短的生命

其　　三

六十个秋天
就这样
从地球上走了过去

又进入了
云天的苍茫

而我没能感知到的
千千万万个秋夕
千千万万个秋月
千千万万个秋晨
千千万万个秋日
已经进入了宇宙星光

载着无数的生命
每日飞行三十万公里
每一个人的秋天
也许已消失
也许会永恒

其　　五

有人说立秋到了
然而，我并没有看见
立着的秋天

有人说秋分到了
然而，我并没有看见
分开的秋天

有人说中秋到了
然而,我并没有看见
硕大的秋天

原来,因为城市的上空
都是白烟
和一群群黑色的飞雁

其　　六

活了三十岁
就有三十个秋天
三十阵秋风
三十个秋月
三十个秋收
三十个灿烂的夜晚

可是,是不是每一个人
都拥有了这些秋景
都拥有了这些秋光
都拥有了这些秋眠

在于,每一个人的后天
以及先天

其 七

在长江的水里
没有秋天
在长江的山上
没有秋天

在长江的尾上
没有秋天
在长江的头上
都是雪原

秋天已经向北方逃走
进入了太行山脉
进入了五台山谷
进入了内蒙古草原

进入了外蒙古高原
那遥远的贝加尔湖
也穿上了红色的衣衫

在长江之上
只有春江
只有花月

只有夜色的灿烂

如果一个人只有春天
也不能不说
是一种遗憾

其　　八

有人问我
为什么还没有过海
而到海南

我说，有一点怕海水
和海上的夏日
以及火焰

一边是火
一边是冰
一边是冷
一边是暖

冰火两重天
如何选择
实在是让我
有一点犯难

海南,海南
也许只是一个
隆重的纪念

其　　九

来到小洪山
满山的苍翠
满山的鸟鸣
满山的白云
我说,哪里是秋天

来到大洪山
到处都是青松
到处都是翠柏
到处都是炊烟
我说,哪里是秋天

来到京都
到处都是大街
到处都是小巷
到处都是少女的脸
我说,哪里是秋天

来到西伯利亚

广阔的原野上
到处都是银杏谷
到处都是白桦沟
到处都是黄草台

我说，秋天的美丽
原来早已被
北方的幽灵所霸占

其　　十

2023年的秋天
还留下了几条尾巴
摇摆在北方的
几千条山脉之间

秋天，以自己的身体
昭示着大自然的丰富
和宇宙空间的变幻

我们不会失落
我们不会凄凉
人生一世，草木一秋

在对秋天的追寻中

我们的身体和精神
正不断地消散

有的地方乌烟瘴气
有的地方炮火连天
有的地方黑白颠倒
有的地方天地变幻

秋的丰收和喜悦
秋天的双臂和双峰
就在那天地之际
也就在你我之间

2023 年 9 月 27 日
武昌江南云台

在巴东六首

其 一

巴东
是巴国的门户

还是巴山的门户
是一个需要重新讨论的问题

所谓巴
以重庆为中心
所谓蜀
以成都为中心

而所谓巴蜀
则是一个
古老又古老的名称

我在巴东
分不清南北
也分不清东西

正如我
并不了然于
太阳和太阴

其　　二

昨天晚上
李博士夫妇
在野三关下

请我吃了一锅柴火鸡

柴在锅下燃着
以自己的热情
以自己的身体
以自己的回忆
和山地的底气

而鸡在锅中煮
煮烂了鸡冠
煮烂了鸡脖
也煮烂了
两只大大的鸡爪

我们边吃边喝
我们边饮边叙
一杯一杯的梅子酒
香遍了野三关的大街
以及长江三峡
绝世的美丽

其 三

在野三关下
我们回望唐朝

发现有一个好事者
写了一本《酉阳杂俎》

几只铁山鸡公
进入了长安城里
以自己的高大
还有好斗与善鸣
打败了天下
所有并不认识的仇敌

鸡冠石下
一鸡四吃的女老板
让我们参观了
她秘密的后花园

黄文富博士
见到千年以前的文献
就跑来跑去
并在鸡冠之上
吐了一口长气

气壮山河
气贯环宇

其 四

在三观凤凰城
每一栋高大的楼上
都有一些光亮
不过还是少许
又少许

不到十月
人们回到东边的武昌
和西边的重庆

今天的月亮
是重庆的更亮
还是武昌的更亮

而在野三关上
一轮唐代的明月
正在我的头上
冉冉升起

其 五

是朝向北方

还是南方
我一直没有
清楚的记忆

眼前是南方的山水
山川秀美,气候宜人
也有北方的风雪
以及群马的
尖尖的飞蹄

陈建军教授说
他那方是西边
我这边是东方

今天雨雾朦胧
不知已经亿年的太阳
会从哪一边升起

其 六

在凤凰城的后面
一只巨大的凤凰
正在向天空飞起

我昨天去到了

他那庞大的身躯
感知了他的气息

他的广阔
以及他的雄风
和强大的善意

当我接近他的尾巴
一阵巨大的鸣叫
在天空之下
突然响起

我说,亲爱的凤凰
我只是一个游客
偶然来到这里
并不与你为敌
还欣赏你的聪慧
以及彩衣

我当然知道
刚才是表示
迎接之礼仪

我会日夜守护
三观新城和下面的响水洞

还有那千年的白酒
万年的青鱼

也要守护东方人的
家园和大地

2023年9月30日
汉口火车站

桂子山上的狂欢节十首 选九

其一

一所
一百二十周岁的
一流大学
正在桂子山上
狂欢

一所
闻名于世的师范大学
在一百二十岁生日里

在一朵又一朵桂花里
狂欢

在师范大学里排名第三
在全国所有的大学里
排名第三十九
这已经很不容易
还在努力地靠前

一百二十岁了
还跳得这么好
就像一个小伙子
在羞涩的恋人面前一样

其　　二

这一个夜晚注定无眠
多少人看到了
在长江的大桥上
以及长江和汉江
两江四岸
"华中师范大学"六个大字
把秀丽的身体
不断地旋转

几十万学子
在收看电视节目
和广场上的表演
他们睁大了眼睛
望向过往
和今日的巨大波澜

为什么要入睡呢
一百二十年了
还不能有一个
整夜整夜的
诗和酒的狂欢

其　　三

在今天
十位诗人和作家
从南门登上了
巍峨的天下名山

他们在桂子之上
走来走去
仿佛回到了数十年前的
某一个黎明
或某一个夜晚

他们写诗
他们填词
他们写下了上联
又写下了下联

已经八十二岁
今天还异常活跃
在他撰写的对联上
呈现出一阵阵笑颜

已经八十七岁
在恽代英广场
流连忘返
他说,今天的节日
就像是国人的过大年

他们要喝酒
在小重庆的九龙坡
他们把金门高粱
洒向长江边
又把黄鹤楼上的烟花
一一点燃

其 四

又一个伟大的作家
行走在世界的边地
北冰洋的旁边
和峡湾的中间

吕红来自美利坚
她说,我也有长篇小说
我有《美国情人》
有《兰桂坊》里的香甜

在桂花的花瓣里
十个诗人和作家
一齐歌唱
向着西方的大海洋
望洋兴叹

其 五

我行走在桂中大道
已有二十多年
每一次校庆
都不如今年广阔

更不比今年高远

二十年前的一百周年
向农在当文学院院长
他说,空间不能闲置
时间不能流转
一切的未来
都在前面

十年前的一百一十周年
有人说到了天花板
天花是得上了
不仅没有见到高天
反而有一些阴险

翻过去,翻过去
于是我们翻过了一页
努力地走出
努力地登攀
努力地耕种
努力地在桂花上
收获了一个
又一个秋天

今天,我们以诗歌

来一个隆重的庆祝
和美好的纪念
让所有的日子
都走进桂花的甘甜

苦是有的
辣是有的
酸是有的
然而桂花仙子
却是永远的秋天

其　七

我以诗歌
并且是自由体
并且是无韵体
为华中师范大学
奉上一瓣心香

二十年的时间
八万里的空间
让我的生命
如昆仑的高原
如蜀中的群山
如三峡的风光

和长江的万里惊涛
和大西洋里的巨浪

开阔的天地
深厚的殿堂
长长的山坡
桃花和梅花
桂花和樱花
一年四季
在轮流开放

学问在此见长
文学在此放光
书法在此起步
思想在此破浪

长风破浪
直挂云帆
在我们的眼前
是无限开阔的太平大洋

其　　八

文学地理学的一支
从此地出发

飞向了世界学术的
巨大广场

2008年9月,一个黎明
在几天几夜的沉思之后
我来到了桂花台
一大片桂花
就开在了我的身上

桂子山上
一万多株桂花树
挺立于风雨之间
在九月的天空下
开始绽放

只有桂花台上的我
还在静坐和深思
桂花,来自哪里
要去向何方,为什么

这时
余光中诗中的明月
又照亮了桂子山上的
黄衣裳

其　　九

一代又一代人
成长起来，在桂子山上
已有诸多的
新生力量

而我们
已渐入老境
但并不凄凉

七十年代出生的学者
和八十年代出生的人
显出了一些个殊相

同归于学问
同向于宽广
同美于品质

让我们举起双手
把一百三十年的时光
一轮又一轮地点亮

其　　十

南楼和北楼
静卧在桂中大道的两旁
所有的窗户
都放出了一百二十年的
博大而精深的学问之光

大师还在
即使不在了
他们的影子和精神
仍在桂中路上徜徉

在前辈们的带领下
南楼的历史
将会展开
全新的一章
就像一个盛大节日的
庄严开场

历史可以说明一切
历史可以包括一切
历史的书写
正在狂欢里进行

班固和司马迁
就在桂子山的小树林里
他们饮了桂花酒
又喝了几口排骨汤

吴刚说，酒已没有
但一万株桂花正开
一千年，一万年
都会让人们疯狂

2023 年 10 月 6 日
武昌江南云台

海德格尔十首 选八

其 一

海德格尔的全集
德文版的
有几个人读过呢

你说，我是第一
并且有可能是
中国的唯一
显得有一些骄傲

就像汉江里的水
在南岸嘴右边的长江里
卷起了一阵
青色的波涛

没有自傲
没有自信
也不会再有
大哲学家海德格尔
再传弟子的名号

其 二

在迎新晚会上
你唱了一首又一首
就像杭州湾里的钱塘潮
一浪高过一浪

桂子山上的花
桂子山上的月

我还没有什么
出人意料的妄想

再唱一首吧
桂子山上
最后一位浪漫主义者
也得名实相符

《教我如何不想她》
刘半农的这首诗
引起了光未然时
黄河的大合唱

其　　三

十年以前
我又开始写字
不是用钢笔
也不是用铅笔

用粉笔，把自我的人生
写在了大幅的黑板上
王老见了，他说
你的大字楷书
就如太平洋里的声响

用毛笔一写
就写出了鱼的飞跃
和鲸的气象

可是喜欢挑剔的三夕兄
为我打圆场,他说
他主要是表达感情
就像俩母山的周边
所有的山光

回头再回头
一张一张广大的脸
都望向了同一个方向

其 四

在书城路的洪湖
一个有酒的晚会
正在如火如荼
燃烧,不断地燃烧
高涨,不断地高涨

在洪湖里,我们吃莲子
我们吃菱角

还喝湖里的莲藕汤

仲廉兄说
洪湖的浪打上了衣襟
洪湖的水
成了惟山兄笔下
那神秘的诗行

人以诗聚
诗因人生
一支诗的队伍
正在洪湖上浩浩荡荡

其　　五

雷雪峰生于嘉鱼的山水
却喜欢居住在城市
他说
城里的月亮更明
就像昨天
一位乡下的小姑娘

他喜欢吃鱼
也喜欢喝酒
他喜欢诗词

也喜欢演唱

他说,人生一世
如果没有 68 度
楚江如何会醉呢
杂文如何会杂呢

百饮,不如一醉
于是他开始醉了
在嘉鱼火热的胸怀里
于是不能起床

其 七

我代表珞珈山
向桂子山敬酒
我代表桂子山
向珞珈山献汤

我代表桂子山
和珞珈山
向南望山的兄弟们
歌唱

春天太短

秋天也不长
炎炎的武汉
正是生命的能量
在不断地绽放

在夏天,我们过了汉水
我们过了荆州
我们一路西行
来到了野三关上

猛一回头
一轮红色的太阳
撞到了我的脸上

其　　九

我们喝一口珞珈酒
就想起了珞珈山
和东湖里的水
在凌波门前张望

喝了一口珞
喝了一口珈
喝了一口云霞
又喝了一树樱花

于是,我变成了一朵
四月的樱花
和一件黄梅雨里
绿色的衣裳

盖住珞珈山
不要让小人
浸染了他的高贵和明亮

其　　十

在洪湖的水里
我们走来走去
恭喜三年后的自由
和一百年来的
宏大气象

谁说没有水呢
冬天没有水
春天没有水
夏天没有水

而到了秋天
则是水势汪洋
流入长江之后

却成了一条
唐时的春江

洪湖是一处生息之地
鲢鱼、财鱼、甲鱼
已经名震一方
让南方和北方
不断地来往

就是那些小虾和小鱼
也成了一道名菜
在广阔的湖面上
飘香又飘香

是不是吃得太多
是不是喝得太高
是不是贪得无厌
是不是欲望膨胀

回到江南云台
一条灰色的云朵
压在了我
长条形的心上

2023年10月18日
武昌江南云台

在内冲十首 选八

其 一

一个是往外冲
一个是往内冲
两种重要的能量
在山口里的大水库中
不停地对冲

冲到了山上的
成了一个民族
在隐居了千年之后
被迫离开武昌府
逃到了遥远的南方

有的冲到了大坪
有的冲到了通城
有的冲到了岳阳
在今天
一幅现代化的图画

挂在了古老而又古老的
岳阳楼上

其 二

千年之后
一个瑶族的后生
走在了龙窖山上

前后四十次
来到山上和山下
收集实物,描画山形和水势
一百多万字
爬在了他
并不高大的身上

李庆福瑶族工作室
挂在了一条长街上
中南民族大学
从武汉的南湖
冲破了雪峰山
化为了水库里
五彩缤纷的波光

我说,庆福

你还是有一些才华
有一些能量
这里和早年的南湖农场
已别若天壤

其　　三

一座坟墓
落在了洞庭湖的边上
让天下所有的诗人
都感到了沉痛和忧伤

只有五十八岁
就饿死在一条
小小的木船上
不知您老当时
是如何的绝望

写出了许多名诗的手
已经很瘦
甚至已经在风雪中
扯不动一件
单薄的黑衣裳

千余年之后

几位诗人相约而至
在您的坟前
奉上了一瓣心香
朗诵了一些诗章

《秋兴八首》
挂在了门前的
山光之上

其 四

平江县安定乡小田村
是您的埋骨之地
这里因您的慈顾
已经名传九方

江是那样的平
没有惊涛骇浪
但一切都没有平静
一代一代的烽烟
升上了
周围高高的山岗

期待安定,但并不安定
眼下的世界,动荡不安

我看见您坐起身来
把天下打量,满眼都是
一缕一缕的忧伤

此时,西方的草堂
又弥漫了秋光

其　　五

在杜文贞公的墓园前
兴起了一个堆木场
一根又一根木头
粗野地丢在了地上

轰隆隆的声音
一阵又一阵
把杜公的《秋兴八首》
撞成了重伤

也许是为他盖一间草堂
也许只为了满足自己
前所未有的欲望

这对诗圣极不尊重
如何谈得上什么传统

什么文化的湖湘

其　　六

南湖
岳阳的南湖
是一处美丽的所在
早已听说过其名
今天才领略了你的风采

绕你一圈
哪才二十八公里
仿佛是绕行了地球一周
不然怎么会让我
有四大洋的感慨

有山有水
有水有山
山水相济
成就了中国文化
博大精深的胸怀

你使劲地走出来
拥抱了我们
一行九人

让我们欣喜
让我们惊异
让我们见证了
又一个南湖的深爱

四十年了
我在南湖的东岸和西岸
行走
今天,却走进了另一个更加阔大
和典雅的南湖
在长沙以北

其　　八

余三定先生
是我的老友
二十多年前
我来到这里的大学
见证过他的风采

没有想到
以南湖命名的藏书楼
隐在了乡村里
却有博大的理想
和精深的见解

九百多个平方
六万多册藏书
四层楼的高度
让我这个读书人
很有一些意外

我们爬上了二楼
我们爬上了三楼
我们爬上了四楼
一层比一层
与雪峰山的云天接近

我说,余兄
您出生于洞庭
却怀有一个云梦
而岳阳楼和古老的君山
一直都在

其　　十

九只神龟
两千年以来
在南湖的中间
不断地徘徊

传说中的一条长龙
要将它们赶走
经过九孔桥
一只一个洞
爬进人世的尘埃

一条龙
有什么权力
独占南湖
你是神,我也是神
神与神的冲突
有一点惊心
也有一些动魄

两千年了
龙已低头,而九只神龟
仍然在南湖中
不断地徘徊

以静制动
以今制古
以宽待窄
以厚对薄

九只神龟
今天仍然
把龟头深埋

2023 年 10 月 19 日
武昌江南云台

在岳阳八首 选六

其 一

不可想象
从武汉的青山
到岳阳的绿水
只要 56 分钟
就可以走出
高度压缩的
一段时光

从前，从武汉进入洞庭
需要十小时的摇晃
从武昌披上绿皮

到君山的草场
也需要半天的咣当
又咣当

而当武广高铁开通之后
两湖之间
就已经是神来神往

我说袁循
过去的时光
实在是太长
太长，太长

其　二

从这个南湖
到那个南湖
超出了我少年时代
从未有过的想象

广阔的南湖
已经被高楼侵占
湖山不再
农场不再
鸡和鸭，早已飞走

不知了去向

而在岳阳之南
有一片广如大海的湖光
隐藏在龙山之下
并在千年以前
进入了诗人李白的
大唐气象

我怀疑武昌的南湖
不知何时进入了长江
以流动的方式
进入了洞庭
变成了倾国倾城的
一大片秋光

其　　四

我们乘坐观光车
进入了一夕的湖光
而我们也成了
少有的湖上风光

有人说,和南湖相伴
就是幸福

我说，岳阳的人们
早已把南湖山水
当成一面玉镜所反射的光

浮光掠影
一面之缘
南湖，下次我再来
要进入你的深处
把湖山的美妙
春风和夏涛
秋水和冬雪
云天和雾林
霜降和秋分
一一收藏

其　　五

龙山才是我的向往
湖水只是我的长廊
在山里长大的人
爬上了高山
就会和山体一样
飞翔

龙从何而来

又因何而去
为何赶到这里
就已经无力朝前
而进入了蓝色的衣裳

龙尾何在,龙头何在
龙的七寸
已失手于秦始皇
十只熊猫的到来
不会令人恐慌

我已看见了
龙眼里的大好河山
还有《岳阳楼记》里
那一片忧天下的
花洲书院
和广阔无边的春风堂

其　　七

罗昌智不在
柏定国不在
就连他们的少年
也失去了本有的模样

人生易老天难老
当我六十岁的时候
再次来到岳阳楼
范仲淹兄的几句抒情
已经暗淡无光

人生多么荒谬
人世多么荒唐
只有远山和长江
才是永恒的生命
和巨大无比的力量

其　　八

四十年来
改革开放
让八面来风
进入了华夏的山水
搅动了古老的梦想

绿水青山就是金山
绿水青山就是银山
让中国的南北
变成了生态良好
适合人居的广场

把山和山连接起来
把水和水流通起来
用隧道拉直了道路
用高架顶起了脊梁

今天的中国
高速连通了绝大部分区县
高铁连接了绝大部分市州
在人类的历史上
开创了一段大国发展的
辉煌

当然,问题还有
并且还不少
但历史的车轮
已不可阻挡
就像天上的太阳和太阴
在万年之后
还会滚动在我
小小的心脏
和长长的裙裳上

2023 年 10 月 20 日
武昌江南云台

在桂花前以诗论诗十二首 选十

其 一

已有三千年历史的汉诗
照射出了六千年的文化
古人的面影
古人的声音
古人的脸色
古人的精神
也都一一现形

在某一个早上
或者黄昏
六千年的留声
就开始在山间
放起了电影

其 二

桂子之香

已漫过了头顶
所有的行走者
都遮住了眼睛

有人说有鬼
有人说有妖
有人说有怪
有人说有魔
并且要求改名

我说,桂花已长大
已是桂子山的灵魂
香气四溢,花开四方
恶会化为善
丑会化为美
假会化为真

混杂的人类
循环的天地
美丑的人生
自古而至今

其 三

诗人,行走在桂花树下

一个个，一群群，一代代
以一行一行清词丽句
照见了他者的灵魂

诗人眼中的桂花树
已经变形，香樟树
梧桐树、万年青
都已经是一个一个人
并且，都已经犯神经

其　　四

诗产生于何处？这一问
让许多人，面色发青

有的人写口号
有的人写标语
有的人背文稿
有的人用口语

也许是诗，也许不是诗
诗，如一棵树
总有一个生根发芽
开花结果的过程

其　　五

什么是诗
什么又不是
争论不休
纠结不已

争论了一百年
一千年，并且还会
继续争论

因为每一个人
都有不同的认识
不同的标准
就像少男追求少女
少女追求少男
就会因人而异
也会因时而别

有的人喜欢林黛玉
有的人喜欢薛宝钗
有的人又喜欢晴雯

其　　六

新诗有新诗的外形
古诗有古诗的外形
但就如在一群人中
首先要是一个人

格律有格律的外形
自由有自由的外形
就像在东湖的水边
首先要有自己的个性

没有个性的诗
就如埃及的木乃伊
没有了精神

其　　七

诗有诗的美
这就是诗美

散文可以没有
戏剧可以没有
小说可以没有

电视和电影
可以有
也可以没有

然而,诗之为诗
就在于有诗美之生存
但是,谁也说不清
谁也道不明

然而,三岁小孩
也会喜欢歌吟

其　　八

桂花的前面是桂花
桂花的上面是乌云
乌云的上面是天空
天空的上面是七星

桂花,在桂子山上
不断地绽放
不断地行走
不断地舞蹈

以自己的气质
养育了一代又一代
杰出的诗人

光未然走了
余光中走了
黄曼君走了

一代又一代
少男少女
正在桂子山间
像桂花一样地
飞奔

其　　九

诗来自哪里
诗来自大地的厚重
和海洋的渊深

没有大地和海洋
就不会有生命的产生

诗来自哪里
诗来自天空的广阔

和宇宙的循环
没有天空和宇宙
就没有了人的生存

诗是属于心的
更是属于物的
而只有物的存在
才形成所有心的根本

其　　十

人的出现和生存
对于地球而言
只是最近一些年
才发生的事情

有了树木和野草
有了飞鸟和小鱼
也有了博大的生机
但还没有人的歌声

来自水草
来自细菌
来自海里的鱼和虾
早期的人类

还没有什么内心

心之出现和成熟
也是在成为人之后
直立行走
才产生了感情

诗来自内心
也来自外形
内和外的统一
才塑造了诗形

2023 年 10 月 25 日
2023 年 10 月 28 日修订
武昌江南云台

六十自述十二首

其　　一

六十年是一个甲子
一个俩母山下的少年

居然走过了一个甲子
居然走过了八千万里
白天的风月
和黑夜的风云

今天,阳光灿烂
秋风浩荡
一九六三年的十月
二十七日的夜晚
当皓月升空的时候
有人打开了一扇天门

俩母山的附近
天马峰的山间
诞生了一个
小小的生命

母亲笑了
她说,他已经来到黄荆
来到了我
温暖的胸襟

其 二

今天,四面八方的恭喜

和八面九维的祝福
温暖了我的六十岁
温暖了我的
这一双眼睛

一个再平凡不过的人
得到了积极的评价
获得了肯定的声音
和众多的奖赏

就像一个小孩
可以把过新年才有的
一套新衣服
穿在了身上

遇见了六十年来
所有应当遇见的人
正是我一生中
最大的幸运

其　　三

在文学院二楼
一小时四十五分钟的分享
在六十岁生日的当天

我这小小的生命
备感幸福、快乐
健康和充盈

把六十年的体会
六十年的感知
六十年的观察
六十年的探寻

与年轻的学者
未来的希望和干才
时代的转动者
专业的精英
进行详细的分享

有一些经验
也有一些教训
真实,可靠,美丽
就像我此时的身体
和内心情绪的奔腾

其　　四

再过八天
就是您的生日

九月十九日
是您隆重的
九十三岁的诞辰

九十三年以前
在狮子岩的后面
在马鞍山的对面
一个幼小的生命
诞生在玉林寺
他举起了双手
又听见了鸡公的悲鸣

一个内心有钢铁
一副国字脸的汉子
行走在天下穹窿
达八十六年之久
才离开黄荆屋基
和他至爱的亲人

当我和南京的小兄弟
连夜赶回来的时候
满天的雨水
正在唐家沟里
悲痛地降临

其　　五

少年不识愁滋味
在俩母山下的十六年
我感到无忧
感到幸福

我在黄荆屋基左右
和前后的山水间
不断地飞行

几个大核桃树
展开了庞大的枝丫
把天上的大太阳
遮住了大半
让我们看不见
阳光的毒箭
和阴风的长鞭

一只猪儿虫
掉在了我的头上
吓得我毛骨悚然
祖母见了，抓住了它
并丢在地上

再踩上一脚,说
难道不识
天下的斯文

之后的十年之间
我都很瘦小
每天都喊肚子痛

祖母把高板凳竖起
戴上斗篷,抓起一把米
打了过去,说
天煞地煞
不如我之煞

所有的鬼和妖
快快地飞奔

其　　六

在威远第一中学
在五四楼和五五楼
我们日日夜夜
都在念经

数学、物理和化学

让我头疼不已
而语文、历史和地理
则让我异常兴奋

袁老师说
看来你未来
会舞文弄墨
让中国的文学和艺术
向着西方飞升

其　　七

在锦江之上
有九只白鹭
每天早上
迎着二峨山的方向
发出悲鸣

都江堰和青城山
百丈湖和三岔湖
都在我年轻的心间
与小小的自我
发生广阔的共鸣

我开始写诗

也开始作文
小小的作品
开启了我后来四十年
广阔的文学之路
和人生的不断探寻

其 八

南湖的十九年
一门心思上课
一门心思上进
忙来忙去,时间变成了
眼前的一瞬

一首诗也没有
也没有一篇散文
有的只是一辆自行车
在十五公里的路上
来回地飞奔

其 九

桂子山二十年
成就了我的前半生
自己探索自己

自己书写自己

用几根手指
在小小的屏幕上
不断地滑行

有时候像大雁
有时候像天鹅
有时候像长蛇
有时候像黄鹤

不断地发出
自己的声音

十四行组诗
拟寒山体诗
辞赋和散文
哲学笔记和论文
都一一走近

变成了文笔山上
那一缕缕白云

其 十

十月二十七日

我在桂花树下
不断地歌吟

在桂花台上
听到了远方的喜悦
和太平洋的涛声

我在清江山水间
感受到了
人间至为宝贵的
友情

有一大家人
将会相聚于洪湖人家
而我今天下午
都在写毛笔字
一种气质的塑形

一幅又一幅
一方又一方
把俩母山岩壁上的神秘
传送给三千年后
东方大地和西方大海
那些不同肤色的后人

其 十 一

六十年的时光
在宇宙的中间
只是短短的一瞬

在历史的长河里
是一缕阳光
还是一缕星光
完全看时代
是什么样的环境

也许是伟大的影像
也许是一粒烟尘

其 十 二

六十年了
才想起少年的时光
在黄荆屋基里
那一句句火星

十八个兄弟和姐妹
出生于此

成长于此

早于斯
晚于斯
在我小小的心中
留下了千万个
一瞬

在天马峰上
我捞起一地松毛
听见阵阵松涛

手握文笔山
遥望着笔架

祖父的坟墓
正在青龙咀上
显形

2023 年 11 月 1 日
武昌江南云台

文澴楼外的蓝波十二首 选四

其 一

今天上午
来自世界各地的作家
相聚于蓝色之上
又把蓝色拥入怀中
于是有了诗意的畅游

有的来自美利坚
有的来自欧罗巴
有的来自澳洲
有的来自东方的
那一座小楼

蓝色的湖水
流进了文澴楼
让财经和政法
有了一点忧愁

其 三

四年了,多么不容易
四年之前的一场疫情
扰乱了全球
让许多许多的人
全身发抖

四十年的美好计划
今天才变成了现实
一千五百多天
让白发爬上了
我们高贵的头

罗晓静教授说
让相聚南湖的我们
喝几口白云边上的美酒

其 四

在阳光下
我们在文㵲楼的大门口
站成了六排
等待一个美好的时候

让我们留下笑容
让我们留下醉意
让我们留下惊喜
让我们留下友情

让我们留下
长江水上
崔颢的黄鹤楼

白云洞里的白云
飞了出来
停在了你我的眉梢
三秒之后
又悄悄地溜走

表演艺术家说
用你的小手
拢一拢自己的秀发
让青春的时间
隐藏在手机的上头

其　　八

一头古老的牛
开垦着一片荒田

一天又一天
有了金黄的收获

在他的身旁
有一位贤惠的女士
不停地叫喊
不要太辛苦
不能累着

一本又一本散文
一首又一首诗歌
就这样钻进了
世界华文经典的高阁

2023 年 11 月 4 日初稿
武昌江南云台

关于文学地理学七首 _{选五}

其 一

文学是人类的心灵

也是人类的表情
一里一外
成就了宇宙空间
一代一代
神秘而怪异的精灵

文学和艺术
是一对兄弟
也是一对姐妹
在广阔的地球表面
不断地舞动
曼妙无比的身体
震动了上帝
那博大典雅的心

我们处于上界
但远不如人类
深刻和聪明

其 二

文学和艺术
出自灵府
出自山洞一样的

幽深和热情

那样的朴实
那样的曲折
那样的委婉
那样的广远
那样的纯净

然而，如果没有了人
哪有什么文学和艺术作品

一切都无法产生
一切都难以运行

文学是人学的理论
并没有错
然而只说对了一半

我曾经多次
和钱谷融先生
发生小小的争论

他说，可以另立他说
体现了一代学人

广阔无比的胸襟

其　　三

文学和艺术
来自人类的创造
不可能凭空产生
而人类则必须
生活于平地
或者山林

离开了地球
一天都不能生存
就像一个婴儿
不可能离开自己的母亲

人类的文学和艺术
虽然经过了想象
和审美创造
然而想象的基础
还是天地穹窿
和人类本身

审美的对象

除了人类本身
更有山川
更有自然
更有日月和星辰

其　四

天地之物
就是地理的本义
而进入了文学地理学

"地理"一词
就已经变形
人在天地之间
是多么幸福
又如此温馨

太阳和太阴
带来了时间
和天地间广阔的风景

而人类中的所有成员
才有了每一天
每一周

每一月
每一年
丰富无比的生命

其 五

文学就是地理
地理就是文学
人不过是天地之间的
记录者和自身
身体与生命的发掘者
地理是人类生存的前提
是人类发展的基础

没有了天地
所有的人
都不值一文

2023 年 11 月 9 日
武昌江南云台

星空不是我们的家五首 选三

其 二

我们的地球
是如此的美妙
白天让我们工作
夜晚让我们睡觉

如果黑白颠倒
也会相当痛苦
如果长江倒流
也会发生惨叫

有了春天
我们不珍惜
有了秋天
我们不珍惜

有了夏天
我们又仇视热浪

有了冬天
我们又仇恨雪飘

地球只有一个
有的人还在那里
又杀又抢

又向美丽的城市
开炮

其　三

广阔的星空
层层叠叠
方方圆圆
大大小小

一切秩序
井然
一切景观
妖娆

然而有的人
却想以火炮
摧毁月球

又想把嫦娥
拥入肮脏的
小小怀抱

什么样的人
占领了地球的要冲
还如此贪婪
把每月的十五
拿来过早

无耻之极
不可饶恕
定让你们的手脚
不再乱跷

其　　五

太空不是我们的家园
只有地球
才会容纳我们

星空不是我们的未来
只有山河
才会养育我们

天上的亿万颗星球
只是我们的想象
而不是我们的灵魂

灵魂在我
而不在天外的彩云

    2023 年 11 月 10 日
    武昌江南云台

编　后　记

　　我对于汉语诗歌的兴趣，虽然自早年在老家的时候就开始了，但真正进入诗歌创作，还是在来到江南名山——桂子山之后。在桂子山上，我的工作环境发生了很大的变化，由原来的教师转换为《外国文学研究》的编辑，由每周只上两次课变为每个工作日都要到岗。在长达十二年的时间里，我把主要的时间和精力放在了一份杂志上，同时也从事比较文学与外国文学的研究工作，不过也有更多的机会到各地走一走、看一看，与自然山水有了更多的接触。

　　正是在这个过程中，我开始了十四行诗的写作，并且一开始就写组诗。写作十四行组诗正是我诗歌创作的第一个阶段。第二个阶段是拟寒山体诗的写作，让自我的诗情有了一个规范，也没有古典律诗那样严格，而只是七言八句中的自由体。第三个阶段是无韵自由体诗的写作，开始于最近的两三年，没有想到的是，居然写了如此之多不受格律约束的作品，并且还将继续创作下去。因为我试来试去，发现自由体还比较适合我的个性和气质。汉语十四行诗大概有2500首，拟寒山体诗大概有2000首，而无韵自由体诗已经有900首左右。在以后的日子里我还会发展出什么样的诗体，不得而知，但我相信还是会继续写作，也许还会有小说和戏剧，但是不会有电影和电视剧剧本这样的作品。

感谢博士研究生王冠含在编选这部诗集的过程中所付出的劳动，同时也要感谢博士研究生祝丰慧和王兴尧所付出的心血，因为如果没有他们所维护的公众号，那么这些作品也就不可能完整地保存下来；同时，也是因为要推出公众号，我才有兴趣和动力创作这些作品中的大部分。

诗人所看重的，当然还是自己的作品，而不是他人的评论。自己的作品水平如何，也许只有自己才知道，但最后还是由读者说了算。"为赋新词强说愁"的情况，在我这里是不存在的，我也没有必要如此。只有内心想写什么了，我才会去写作。这些作品几乎都是在手机上写的，写了以后就发在朋友圈，有的说好有的说不好，我都在听取所有的意见之后，进行了适当的修改与补充。

在此次结集的过程中，我再次对所有的作品进行了审读，不满意的作品就删除了。我想，只要有了这样一个反反复复的过程，就可以保证每一首诗的质量，同时也让每一首诗具有可读性与可欣赏性。

也许我的诗歌没有进入广大读者视野的可能，也许我的诗歌进入不了正统的中国文学史，但这又有什么关系呢？我的自信，来自自己的独立思考与独特追求，来自我的第一故乡——成都南部之高台深谷与第二故乡——湖北东南部之广阔的山川。

2024 年 4 月 16 日初稿
2024 年 5 月 23 日修订
武昌江南云台